FRIEDRICH SCHILLER

IHLAMURLAR ALTINDA GEZİNTİ

Can Klasik

Ihlamurlar Altında Gezinti, Friedrich Schiller
Almanca aslından çeviren: Bilge Uğurlar - Türkis Noyan
Sämtliche Erzählungen
Bu kitaptaki öyküler ilk kez *Thalia* dergisinde 1782-1792 arasında tefrika edimiştir.
"Eine großmütige Handlung aus der neuesten Geschichte" (1782); "Der Verbrecher aus verlorener Ehre" (1786); "Herzog von Alba bei einem Frühstück auf dem Schlosse zu Rudolstadt, im Jahr 1547" (1787); "Spiel des Schicksals" (1792); "Der Spaziergang unter den Linden" (1782)
Bu çeviriye kaynak alınan baskı: Insel Verlag 2004.

1. basım: 2021
2. basım: Haziran 2021, İstanbul
Bu kitabın 2. baskısı 1 000 adet yapılmıştır.

Dizi editörü: Ayça Sezen
Editör: Şebnem Sunar
Düzelti: Mert Tokur
Mizanpaj: Bahar Kuru Yerek

Kapak tasarımı: Utku Lomlu / Lom Creative (www.lom.com.tr)
Kapak illüstrasyonu: İrem Gökçem Tunçay

Baskı ve cilt: Arı Matbaası
Davutpaşa Cad. Emintaş Kâzım Dinçol San. Sit. No: 81/39,
Topkapı, İstanbul
Sertifika No: 44009

ISBN 978-975-07-4932-2

CAN SANAT YAYINLARI
YAPIM VE DAĞITIM TİCARET VE SANAYİ A.Ş.
Maslak Mah. Eski Büyükdere Cad. İz Plaza, No: 9/25, Sarıyer / İstanbul
Telefon: (0212) 252 56 75 / 252 59 88 / 252 59 89 Faks: (0212) 252 72 33
canyayinlari.com
yayinevi@canyayinlari.com
Sertifika No: 43514

FRIEDRICH SCHILLER

IHLAMURLAR ALTINDA GEZİNTİ

ÖYKÜ

Almanca aslından çeviren

Bilge Uğurlar - Türkis Noyan

can

Friedrich Schiller'in Can Yayınları'ndaki diğer kitabı:

Hayaletgören, 2020

JOHANN CHRISTOPH FRIEDRICH VON SCHILLER, 1759'da Marbach am Neckar'da doğdu. Şair, oyun yazarı ve edebiyat kuramcısıdır. Wieland, Herder ve Goethe'yle birlikte Weimar Klasiği'nin en önemli dört yazarından biridir. Schiller, 1775'te Klopstock'un şiirleriyle ilgilenmeye başladı. Aynı yıl *Der Student von Nassau* (Nassau'lu Öğrenci) dramını kaleme aldı. 1776'da ilk defa *Der Abend* (Akşam) adlı şiiri yayımlandı. 1780'te, "İnsanın Vahşi Doğası ve Ruhu ile İlişkisi Üzerine Deney" konulu bir doktora tezi hazırladı. 1776'da yazmaya başladığı, yasa ve özgürlük çatışmasını öne çıkaran *Der Räuber* (Haydut), 1781'de önce isimsiz olarak yayımlandı. Oyun, 1782'de sahneye uyarlandı ve yoğun ilgiyle karşılandı. Bu eseri *Don Carlos* ile *Kabale und Liebe* (Hile ve Aşk) adlı dramlar takip etti. Schiller, 1783-1789 yılları arasında Mannheim, Leipzig, Dresden ve Rudolstadt'ta yaşadı. 1788'de Goethe'yle karşılaştı ve dost oldu. 1789'da Jena'dan gelen profesörlük teklifini kabul etti ve tarih eğitimi vermeye başladı. Bu dersleri, beklenmedik derecede dikkat çekti. Aynı yıl *Hayaletgören* basıldı ve kamuoyunda büyük ilgi gördü. 1796'dan 1800'e kadar edebiyat dergisi *Musenalmanach*'ı yayımladı. 1797'de *Musenalmanach*'ta Goethe ve Schiller bir hiciv bölümü düzenlediler. *Der Taucher* (Dalgıç), *Der Handschuh* (Eldiven), *Der Ring des Polykrates* (Polykrates'in Yüzüğü), *Der Gang nach Eisenhammer* (Eisenhammer'e Yolculuk) ve *Die Kraniche des Ibykus* (Ibykus'un Turnası) 1797'ye ait baladlarıdır. Bunları 1798'de *Die Bürgschaft* (Şehir Halkı) ve *Der Kampf mit dem Drachen* (Ejderhayla Savaş) adlı baladlar izledi. Schiller bundan sonra yeniden drama döndü ve 1799 yılında *Wallenstein*'ın, hemen ertesi yıl ise *Maria Stuart*'ın çalışmalarını bitirdi. 1801'de *Die Jungfrau von Orléans*'ı (Orléans Bakiresi), 1803'te ise *Die Braut von Messina*'yı (Messina'lı Gelin) kaleme aldı. 1802'de Schiller'e soyluluk unvanı verildi, böylece Friedrich von Schiller olarak adlandırılmaya hak kazandı. 1804'te *Wilhelm Tell*'i tamamlayarak *Demetrius*'a başladı; ancak ağırlaşan hastalığı dolayısıyla bu eseri bitiremeden 1805'te Weimar'da öldü.

BİLGE UĞURLAR, 1964'te İstanbul'da doğdu. 1982'de İstanbul Erkek Lisesi'ni, 1989'da Boğaziçi Üniversitesi Sosyoloji Bölümü'nü bitirdi. Türkis Noyan'la birlikte Friedrich Schiller'in *Hayaletgören*, Heinrich von Kleist'ın *Michael Kohlhaas*, Peter Handke'nin *Don Juan*, Joseph Roth'un *Hotel Savoy*, E.T.A. Hoffmann'ın *Kedi Murr'un Hayat Görüşleri*, *Küçük Zaches Namıdiğer Zinnober*, *Üstat Pire* adlı yapıtlarını çevirdi.

TÜRKİS NOYAN, 1929'da İstanbul'da doğdu. İstanbul Üniversitesi Edebiyat Fakültesi Alman Dili ve Edebiyatı Bölümü'nü bitirdi. Stephan Gerlach'ın *Gerlach Seyahatnamesi*, Tobias Heinzelmann'ın *Osmanlı Karikatüründe Balkan Sorunu 1908-1914* ve *Osmanlıda Bir Köle Brettenli Michael Bretten'in Anıları: 1585-1588* çevirdiği yapıtlardan bazılarıdır.

İçindekiler

YÜCE GÖNÜLLÜ BİR DAVRANIŞ

Yakın Tarihten Bir Örnek

Tiyatro eserleri ve romanlar, insan kalbinin en parlak taraflarını gözlerimizin önüne sererler; hayal gücümüz alevlenirken kalbimiz hissiz kalır; en azından bu yolla alevlenen kor sadece bir anlıktır ve gündelik hayatta sönüp gider. Dürüst Puff'un[1] gösterişten arınmış iyi kalpliliği neredeyse gözlerimizi yaşartacak kadar bizi duygulandırırken, tam o anda kapıyı çalan bir dilenciyi belki de hışımla azarlarız. Kim bilir belki de ideal bir dünyadaki bu sahte varoluş, gerçek dünyadaki varoluşumuzun altını oymaktadır. Burada aynı zamanda ahlakın en uç iki noktası, melek ve şeytan arasında gidip geliriz ve orta noktayı –insanı– bir kenara bırakırız.

İki Alman'a dair şimdi anlatacağım anekdotun –bunu gururlu bir mutlulukla yazıyorum– tartışılmaz bir üstünlüğü var; çünkü *yaşanmış* bir öykü. Bu öykünün, okurlarımı *Grandison* ve *Pamela*'nın[2] bütün ciltlerinden daha fazla duygulandıracağını umuyorum.

İki erkek kardeş olan Wrmb. baronlarının ikisi de,

1. Johann Timotheus Hermes'in (1738-1821) *Sophiens Reise von Memel nach Sachsen* (Sophie'nin Memel'den Saksonya'ya Seyahati) adlı romanında ideal bir vazgeçme gücüyle donatılmış karakter. (Ç.N.)

2. Samuel Richardson'ın (1689-1761) en ünlü iki romanı. (Ç.N.)

von Wrthr. sülalesinden genç ve alımlı bir kıza âşık olmuşlardı, ancak birbirlerinin tutkusundan habersizdiler. İkisinin de aşkı incelikli ve güçlüydü, çünkü ikisinin de ilk aşkıydı bu. Genç kız güzeldi ve duygulu bir yaradılışa sahipti. Her ikisi de içindeki eğilimi büyüterek tam bir tutkuya dönüştürdü, çünkü ikisi de yüreğini bekleyen o en korkunç tehlikenin farkında değildi: Kardeşle rakip olmak. İkisi de genç kızı erken bir itirafla rahatsız etmekten kaçındılar ve böylece kendilerini kandırdılar; ta ki duygularının karşılaştığı beklenmedik bir olay bütün sırrı ortaya çıkarana kadar.

Her ikisinin de aşkı doruk noktasına vardığında, neredeyse iğrenç karşıtı kadar insanoğlunu feci yıkımlara sürükleyen o en uğursuz şiddetli heyecan, kalplerinin her köşesini çoktan kaplamıştı, öyle ki iki taraf için de artık vazgeçmek imkânsızdı. Kız ise, bu iki bahtsızın kederli halini derinden hissettiğinden, içlerinden birini seçmeye cesaret edemiyordu ve eğilimini kardeş sevgisinin yargısına bıraktı.

Bizim filozofların her zaman çabucak bir karara bağladığı, pratik insanın ise gayet ağırdan ele aldığı görev ile duygu arasındaki bu çelişkili savaşın üstesinden gelmeyi başaran ağabey kardeşine dedi ki: "Benim sevdiğim kızı senin de sevdiğini biliyorum, hem de ateşli bir aşkla, tıpkı benim gibi. Eski zamanlardan kalma bir hukuk kimi haklı bulur diye sormayacağım. – Sen burada kal, ben uçsuz bucaksız dünyayı keşfe çıkıp onu unutmaya çalışacağım. Bunu başarabilirsem – kardeşim! O zaman o senindir, Tanrı da senin aşkını kutsasın! – Eğer başaramazsam – o zaman git – ve sen de öyle yap!"[1]

Ve aniden Almanya'yı terk edip alelacele Hollanda'ya gitti – ama sevdiği kızın hayali peşindeydi. Aşkının

1. "Git, sen de öyle yap!" Yeni Ahit, "Luka", 10: 37. (Ç.N.)

ikliminden uzaklarda tek başına yaşayabilmek için, kalbinin bütün saadetini içinde barındıran çevreden uzaklara sürülmüş olan bahtsız adam hastalandı, tıpkı anavatanı Asya'dan zorba Avrupalı'nın söküp ılık güneşten uzakta, sert iklimli topraklara mecbur bıraktığı bir bitki gibi soldu gitti. Çaresizlik içinde Amsterdam'a vardı; orada ateşler içinde tehlikeli bir hastalıktan yatağa düştü. Biricik sevdiğinin hayali, hasta yatağındaki rüyalarının hâkimiydi, sağlığına kavuşması ancak ona sahip olmasına bağlıydı. Doktorlar hayatından endişeliydiler; yalnızca sevdiğine kavuşturulacağına dair verilen güvence, onu güçlükle ölümün kollarından çekip aldı. Bir deri bir kemik kalmış, içini kemiren derdin suretinde korkunç bir halde, doğduğu şehre geri döndü. – Onu sevgilisine ve kardeşine götüren merdivenlerde başı döndü, gözleri karardı. "Kardeşim, işte geldim. Kalbimin neler çektiğini bir gökteki Tanrı biliyor. – Daha fazlası elimden gelmez," dedi ve baygın bir halde kızın kollarına düştü.

Küçük kardeş de daha az kararlı değildi. Birkaç hafta içinde yolculuk hazırlıklarını tamamladı ve ağabeyinin karşısına çıkıp, "Ağabeyim, sen acını Hollanda'ya kadar taşıdın. – Ben daha da uzaklara taşımayı deneme arzusundayım. Benden mektup alıncaya kadar kıza kolunu verip onu kilisenin mihrabına doğru yürütme! Kardeşlik sevgisi bir tek bu koşulu ileri sürmeme izin veriyor. Senden daha talihliysem – Tanrı'nın izniyle, o zaman kız senindir ve Tanrı aşkınızı kutsasın! Eğer değilsem – o zaman Tanrı bizi yargılasın! Sağlıcakla kal. Bu mühürlenmiş kutuyu sakla, ben gidinceye kadar da kilidini açma! – Ben Batavya'ya gidiyorum!" dedi ve arabaya atladı.

Geride kalanlar neredeyse ölü gibi ardından bakakaldılar. Ruh asaleti bakımından ağabeyini geçmişti. Bir yanda aşkı, diğer yanda o en asil ruhlu adamın kaybı ağabeyin yüreğini parçalıyordu. Uçarcasına giden arabanın gürültüsü kalbine yıldırımlar yağdırdı. Herkes onun hayatından endişe ediyordu. Genç kıza gelince – ama hayır! Bundan sonunda söz edilecek.

Kutunun kilidini açtılar. İçinden firarinin Batavya'da şans yüzüne gülerse, Almanya'daki tüm malvarlığının ağabeyine kalmasını şart koşan tasdikli bir senet çıktı.

Nefsini yenen adam, Hollandalı tüccarlarla birlikte denize yelken açıp sağ salim Batavya'ya ulaştı. Birkaç hafta sonra, ağabeyine şu satırları yolladı: "Burada, her şeye kadir ulu Tanrı'ya şükrettiğim bu yeni dünyada, *senin* sevgini ve bizim sevgimizi bir şehidin sonsuz hazzıyla anıyorum. Yeni olaylar ve tanık olduğum kaderler gönlümü genişletti; Tanrı bana dostluk için en büyük fedakârlığı yapma gücü ihsan etti: O *senindir* – Tanrım! Burada bir damla gözyaşı döküldü – bu sonuncusuydu – üstesinden geldim – *Kız artık senindir.* Ağabey, ona sahip olmam doğru olmazmış, yani o benimle mutlu olmayacaktı. Eğer bu onun bir kez olsun aklına gelseydi – benimle birlikte olurdu. – Ah ağabeyim! Ağabeyim! Onu sana bırakmak bana çok zor geliyor. Onu kazanmak için neler çektiğini sakın unutma! – O meleğe daima şimdiki taze aşkınla davran! – Bir daha asla sımsıkı sarılamayacağın kardeşinin sana bıraktığı değerli bir miras gibi davran ona! Hoşça kal! Düğün geceni kutladığında sakın bana yazma! Yaram hâlâ kanıyor. Bana ne kadar mutlu olduğunu yaz! – Bu hareketim Tanrı'nın da bu yabancı dünyada beni terk etmeyeceğine kefalet edecektir."

Evlilik töreni yapıldı. Evliliklerin bu en güzeli bir yıl sürdü. – Derken kadın öldü. Ölürken en yakınına yüreğindeki en acı sırrını açtı: Firar edeni daha çok sevmişti.

İki kardeş de hâlâ hayattadır. Büyük olanı Almanya'da malının mülkünün başında, yeni bir evlilik yapmış olarak. Küçüğü ise Batavya'da kaldı, mutlu ve aydınlık bir adam olarak. Asla evlenmemeye yemin etti ve yeminini de tuttu.

ONURUNU YİTİREN İNSANIN SUÇU[1]

Yaşanmış Bir Hikâye

İnsanlık tarihi külliyatında akla ve kalbe en fazla ders veren bölüm, insanın yanılgılarının kaydedildiği yıllıklardır.[2] Bütün büyük suçlar, olağanüstü büyük bir gücün harekete geçmesiyle işlenmiştir. İhtirasın gizli oyunu sıradan heyecanların zayıf ışığı arkasına gizlense bile, şiddetli tutku halinde daha büyük bir patlamayla daha dehşetli, daha gürültülü bir biçimde açığa çıkar. Titiz bir insanbilimi araştırmacısı, alelade irade özgürlüğünün mekaniğine aslında ne kadar güvenilebileceğini ve bundan ne gibi analojiler çıkarılabileceğini bildiğinden, bu alanda edindiği bazı deneyimleri kendi ruhbilim öğretisine aktaracak ve ahlaklı yaşam için değerlendirecektir.

Öylesine yalın, aynı zamanda da öylesine karmaşık-

1. Bu öykü ilk kez 1786'da *Thalia* dergisinde "Verbrecher aus Infamie, eine wahre Geschichte" (Şerefini Kaybeden İnsanın Suçu: Yaşanmış Bir Hikâye) başlığıyla yayımlanmıştır. Schiller aynı öyküyü, dört yerde kısaltmaya başvurup başlıkta değişiklik yaparak 1792'de *Kleinere prosaische Schriften* (Kısa Öyküler) kitabına almıştır. (Ç.N.)

2. *Thalia* baskısındaki metin şöyle başlar: "Hekimler açıksözlülükle itiraf etmelidirler ki, hastaların ve ölmekte olanların yatakları başında, tıp ve diyetetik bilimine dair en büyük keşifleri yapmışlar, en yararlı bilgileri edinmişlerdir. Otopsiler, hastaneler ve akıl hastaneleri, fizyoloji üzerine en parlak ışığı tuttular. Ruhbilimi, ahlak ve kanun koyucu güç, doğrusu bu örneği izlemeli ve aynı şekilde kötü huy ve alışkanlıkların otopsi raporu demek olan hapishanelerden, mahkemelerden ve adli dosyalardan ders almalıdır." (Ç.N.)

tır ki insan kalbi. Bir ve aynı yatkınlık ya da arzu binlerce farklı şekilde ve yönde gelişebilir, birbiriyle çelişen binlerce olguya neden olabilir, binlerce karakterde farklı karışımlar halinde ortaya çıkabilir, binlerce farklı karakter ve eylem gene tek bir eğilimden kaynaklanabilir, üstelik de söz konusu insan böyle bir akrabalığın farkında bile olmaz. Doğadaki diğer canlı türlerinin sınıflandırılması gibi, insan soyunu da dürtü ve eğilimlere göre sınıflandıran bir Linnaeus[1] işe kalkışsa, kötü huy ve alışkanlıkları dar bir sivil alan ve yasaların çizdiği sınırlar içerisinde boğulup giden kimilerinin, Korkunç Borgia[2] ile aynı sınıfta toplandıkları görülünce ne büyük bir hayrete düşülürdü.

Bu açıdan bakıldığında, tarihin alışılagelmiş bir biçimde ele alınmasına birçok yönden karşı çıkılabilir ve benim tahminime göre, tarih araştırmalarının halkın gündelik yaşamı için verimsiz kalmasının sorunu da burada yatar. Eylemde bulunan insanın şiddetli coşkusu ile bu eylemin sunulduğu okurun sakin ruh hali arasında öylesine büyük bir karşıtlık hüküm sürer, arada o kadar geniş bir mesafe bulunur ki okurun bir bağlantı kurmaya kalkışması bile zordur, hatta imkânsızdır. Tarihsel özne ile okur arasında bir boşluk kalır ve bu boşluk bir kıyaslama ya da hayata geçirme imkânını tümüyle keser atar; okurun kendinden emin, sağlıklı tutumunu uyaran şifalı bir korku yaratmak yerine, yadırgayarak kafa sallamasına neden olur. Talihsiz adamın eyleme geçtiği ilk anda da, cezasını bulduğunda da, bizim gibi bir insan ama farklı türde bir yaratık olduğunu görürüz, onun kan dolaşımı

1. Carl Linnaeus (1707-1778): İsveçli biyolog, hekim ve fizikçi. Linnaeus, biyoloji ve botanikte türlerin fiziksel özelliklerine göre sınıflandırılması esasını getirmiştir. (Ç.N.)

2. Cesare Borgia (1476-1507): Papa VI. Alexander'ın oğlu; asker, politikacı. Machiavelli'ye *Prens*'i yazarken ilham kaynağı olacak kadar sert karakterli ve zalim bir asilzadeydi. (Ç.N.)

bizimkinin aksi yöndedir, onun iradesi bizimkinden başka kurallara itaat eder, başına gelenler bizi çok az etkiler, çünkü etkilenmek benzer bir tehlikenin karanlık bilincinde temellenir, biz ise böyle bir benzerliğin düşünü kurmanın bile hayli uzağındayız. İlişkilenme olmayınca alınacak ders de boşa gider ve tarih, eğitecek bir okul olmak yerine, basit bir merak uyandırmakla kalır. Tarihin bizim için daha fazla şey ifade etmesi ve asıl yüce amacına ulaşması isteniyorsa, o zaman mutlaka şu iki yöntemden biri tercih edilmelidir: Ya okurun duyguları olayın kahramanı gibi alevlenmeli ya da kahramanın duyguları okur gibi soğumalıdır.

Yakın zamanların ve Antikçağ'ın en iyi tarih yazarlarından birçoklarının birinci yönteme bağlı kaldıklarını, sürükleyici ve coşkulu bir anlatım tarzıyla okurlarının gözlerini kamaştırıp kalplerini fethettiklerini biliyorum. Fakat bu üslup yazarın haksız yoldan iktidarı ele geçirmesidir ve yargı koltuğunda oturması uygun olan okur kitlesinin cumhuriyetçi özgürlüğünü kısıtlar; bu aynı zamanda sınır hakkının da ihlal edilmesidir, çünkü bu yöntem yalnız ve ancak hatip ve şairin mülkiyetindedir. Tarih yazarına ise geriye sadece diğer yöntem kalır.

Kahramanın duyguları okur gibi soğumalıdır ya da başka bir deyişle, biz o daha eyleme geçmeden onunla tanışmalıyız; yalnızca onun eylemini *uyguladığını* değil, buna *niyetlendiğini* de görmeliyiz. Düşünceleri bizim için eylemlerinden çok daha önemlidir, hatta bu düşüncelerin kaynakları, o eylemlerin sonuçlarından daha da önemlidir. Vezüv'ün patlama nedenini açıklamak için toprağını incelediklerine göre, neden ahlaki bir olguya fiziksel olandan daha az önem verilir acaba? Bir insanı çevreleyen şeylerin niteliğine ve durumuna, ta ki birikmiş kav onun içindeki ateşi tutuşturana kadar neden aynı derecede önem verilmez? İşte mucizelere hayran olan hayalperesti böyle bir olgunun tuhaflığı ve abartılı yanı büyüler; oysa hakikate düşkün biri bu kayıp çocuklara bir ana arar. Onu insan ruhunun *değişmez* yapısında ve bunu dışarıdan etkileyen *değişken* koşullarda arar ve bu ikisinde mutlaka bulur. Her zaman şifalı bitkilerin çiçek açtığı o bahçede zehirli baldıran otunun da büyüdüğünü görmek, bilgelik ve çılgınlığı, kötü huy ve erdemi aynı beşikte bir arada bulmak onu artık şaşırtmaz.[1]

Tarihin bu şekilde ele alınış tarzı, ruhbilimin ondan edindiği faydaları burada söz konusu etmesem de, şu bakımdan önemlidir: Acımasız alaycılığın ve kibirli özgüvenin kökünü kurutur, çünkü genelde sınanmamış, dimdik ayakta duran erdem düşenlere tepeden bakar. Tatlı bir hoşgörü havası yayar, çünkü aksi halde hiçbir firari geri dönmez, kanunu çiğneyen ile kanun arasında uzlaşma sağlanmaz, toplumun tutuşmuş hiçbir uzvu yangının bütününden kurtarılamaz.

Şimdi kendisinden bahsedeceğim suçlu, acaba o hoşgörü havasından faydalanma hakkına sahip miydi? Acaba bu adam devlet bünyesi için gerçekten kurtarılması imkânsız biri miydi? – Okurun hükmünü önceden belirlemek istemem. Bizim merhametimizin artık ona bir yararı olmaz, çünkü o çoktan celladın elinde can verdi; ama kötü huy ve alışkanlıklarının otopsisi belki insanlığa ve kim bilir belki de adalete bir şeyler öğretebilir.

Christian Wolf, ... kentinde (ileride anlaşılacak birtakım nedenlerden ötürü kentin adını gizlemek zorunda-

1. *Thalia* baskısı şöyle devam eder: "Nice iyi yetiştirilmiş genç kızlar, geneleve düşmüş kızları bu kadar sevgisizce yargılamamayı erken bir yaşta öğrenmiş olsalardı, kendi iffetlerini de daha iyi koruyabilirlerdi! Siyasi saygınlık kazanma tutkusuna kendini kaptırmakla mahvolan nice aileler, batakçılığının cezasını çekmek üzere sokakları temizlemek zorunda bırakılan kürek mahkûmlarının hayat hikâyelerini dinleselerdi, bugün hâlâ görkemli hayatlarını sürdürürlerdi!" (Ç.N.)

yız) bir hancının oğluydu. Babası ölmüş olduğundan yirmi yaşına kadar işyerinde annesine yardım etti. İşler kötü gidiyordu ve Wolf'un çok boş zamanı vardı. Daha okuldayken dizginlenemeyen bir çocuk olarak tanınırdı. Yetişkin kızlar onun sataşmalarından yakınırlar, kentin erkekleri ise haylazca buluşlarından ötürü onu sayarlardı. Doğa onun vücuduna gereken özeni göstermemişti. Kısa boylu çelimsiz bir vücudu, nahoş siyahlıkta kıvırcık saçları, basık bir burnu, üstüne üstlük bir atın tekmesiyle çarpılmış şişkin bir üstdudağı vardı, bu hali görünüşüne öyle bir iticilik veriyordu ki tüm kadınları ondan uzaklaştırıyor ve arkadaşlarının şakalarına bolca malzeme sağlıyordu. [1]

Kendisinden esirgenen şeyi inatla elde etmek isterdi; beğenilmediği için de amacı mutlaka beğenilmekti. Şehvetliydi ama kendini bunun aşk olduğuna inandırmıştı. Seçtiği kız ona kötü davrandığı için rakiplerinin daha şanslı olmasından haklı olarak endişelenmekteydi. Oysa kız fakirdi. Aşk yeminlerine kapalı bir kalp, belki de hediyelere kapılarını açardı; ancak kendisinin de para sıkıntısı vardı ve dış görünüşüne çekidüzen vermek için harcadığı boşuna çaba, kötü giden işlerden dolayı az olan kazancını da yuttu. Sarsılan işlerini bazı fırsatlar yaratıp düzeltemeyecek kadar bilgisiz ve rahatına düşkün, şimdiye kadar takındığı işinin efendisi tavrını, köylü hayatıyla değiştirip tutkunu olduğu özgürlüğünden vazgeçemeyecek kadar da gururlu, üstelik zayıf karakterliydi. Böylece önünde tek bir çıkış yolu görüyordu – kendinden önce ve sonra, binlercesinin daha şanslı koşullarda seçtiği bu çıkış yolu, *şerefiyle hırsızlık yapmak*tı. Doğduğu şehir bir derebeyine ait ormanın sınırındaydı; o da

1. *Thalia* baskısı şöyle devam eder: "Şahsının hor görülmesi, erken yaşta gururunu yaralamıştı, sonunda da yüreğinde bir daha asla sönmeyecek sinsi bir öfkenin fitilini ateşledi." (Ç.N.)

kaçak yaban avcısı oldu, avının kazandırdığı parayı olduğu gibi sevdiği kızın eline ulaştırıyordu.

Sevgili Johanne'sinin âşıklarından biri de, orman memurunun av korucularından Robert adında bir delikanlıydı. Robert rakibinin cömertliği sayesinde kendisine karşı üstünlük elde ettiğini hemen fark etti ve kıskançlık içinde bu değişikliğe neden olan kaynakları araştırmaya koyuldu. Tabelasında Sonne[1] yazılı handa artık daha sık boy göstermeye başlamıştı; etrafı kollayan, kıskançlık ve hasetle gittikçe keskinleşen pusudaki gözleri kısa sürede bu paranın kaynağını keşfetti. Çok uzun zaman olmamıştı ki kaçak avcılara karşı daha sert hükümler içeren yeni bir emirname yayınlanmıştı, buna göre bu kanunu ihlal eden kişi ağır hapis cezasına çarptırılacaktı. Robert durup dinlenmeden hasmının gizli yollarını keşfetmeye çalışıyordu; sonunda ihtiyatsız delikanlıyı suçüstü yakalamayı başardı. Wolf tutuklandı ve zaten az olan bütün malvarlığını feda ederek verilen cezayı güçlükle para cezasına çevirtti.

Robert zafer kazanmıştı. Rakibi ortadan kalkmış, Johanne bu dilenci durumuna düşen adama ilgi göstermeyi kesmişti. Wolf hasmının kim olduğunu biliyordu ve bu kişi şimdi onun Johanne'sinin mutlu sahibiydi. Yoksulluğun ezici yükü, aşağılanmış gururuna katılmış, yokluk ve kıskançlıkla birleşip onun hassas tarafını kemiriyordu. Açlık onu uzak diyarlara gitmeye zorlarken tutku ve intikam hırsı onu olduğu yere mıhlıyordu. Böylece Wolf ikinci kez kaçak avcılığa başlar; ama Robert'in iki misli artan uyanıklığı ikinci kez onu alt eder. O, imdi kanunun tüm şiddetiyle karşı karşıyadır: Artık verecek hiçbir şeyi kalmadığından birkaç hafta içinde başkentteki hapishaneye gönderilir.

1. (Alm.) Güneş. (Ç.N.)

Wolf bir yıllık cezasını çekmişti; tutkusu uzaklarda daha da güçlenmiş, inatçılığı talihsizliğinin ağırlığı altında daha da artmıştı. Özgürlüğüne kavuşur kavuşmaz, Johanne'sinin gözüne görünmek için derhal doğduğu yere gider. Onu gören herkes kaçar. Acil ihtiyaçları sonunda kibrini söndürmüş ve zayıf karakterinin üstesinden gelmiştir. – Yörenin zenginlerine gündelikçi olarak çalışma talebiyle başvurur. Çiftçi, bu cılız ve çelimsiz adamı omuz silkerek reddeder; güçlü kuvvetli diğer adaylar sağlam vücut yapılarıyla bu duygusuz işverenin karşısında onun önüne geçerler. Son bir denemede daha bulunur. Boşta bir tek memuriyet kalmıştır, o da namuslu bir ismi olanın başvuracağı en son iştir – kasabanın çobanlığına talip olur, ancak çiftçi domuzlarını işe yaramazın birine emanet etmek istemez. Bütün planları boşa çıkmış, her yerden kovulmuş olarak üçüncü kez ormanda kaçak avcılığa başlar ve üçüncü kez uyanık hasmının eline düşme talihsizliğine uğrar.

İkinci kez yasaya karşı gelmiş olması suçunu zaten ağırlaştırmıştı. Yargıçlar kanun kitabını açıp bakmışlardı, ama içlerinden birinin bile aklına davalının ruh haline bakmak gelmemişti. Kaçak yaban avcılarına karşı düzenlenen buyruğun etkili ve ibret verici bir uygulama içermesi gerekirdi. Böylece Wolf, sırtına darağacı damgası vurularak üç yıl kalebentlik cezasına çarptırıldı.

Bu dönem de geçti, kaleden çıktığında artık oraya girdiğinden çok farklı biridir. Bu andan itibaren Wolf'un hayatında yeni bir devir başlar; bağlı olduğu kilise karşısında ve kanun önünde dile getirdiği itiraflarını kendi ağzından dinleyelim:

"Kaleye girdiğimde," dedi, "yolunu şaşırmış biriydim, ayrıldığımda ise tam bir serseriydim. Bir zamanlar dünyada benim için de değerli olan bir şeyler vardı; gururum, utancın yükü altında eziliyordu. Beni kaleye götürdüklerinde yirmi üç tutukluyla birlikte hücreye tıktılar, aralarından ikisi katildi, gerisi de sabıkalı hırsız ve serserilerden oluşuyordu. Tanrı'nın sözünü ettiğimde benimle alay ettiler ve beni kurtarıcımız İsa'ya karşı aşağılayıcı sözler söylemeye zorladılar. Önümde müstehcen şarkılar söylediler, iğrenç bir herif olmama rağmen onları tiksinti ve dehşetle dinliyordum; ama karşımda olanları gördükçe utanma duygum daha da artıyordu. Gün geçmiyordu ki aşağılık bir davranış tekrarlanmasın ve kötü bir plan tasarlanmasın. Önceleri bu insanlardan kaçıyordum ve elimden geldiğince konuşmalarından uzak duruyordum; ancak benim de bir canlıya ihtiyacım vardı ve barbar nöbetçiler köpeğimi yanıma alma talebimi reddetmişlerdi. Çalışma şartları çok ağır ve zalimceydi, benim vücudum ise kırılgan; desteğe ihtiyacım vardı, dürüst olmam gerekirse, aslında merhamete ihtiyacım vardı ve bu uğurda vicdanımın son kalıntılarını da feda etmek zorunda kaldım. Böylece sonunda en tiksindirici olan şeylere bile alıştım ve son üç ay içinde ustalarımı bile gölgede bırakacak hale gelmiştim.

O andan itibaren özgür olacağım günün hasretini çektiğim kadar, intikam hasretiyle de yanıyordum. Tüm insanlar, benden daha iyi ve daha şanslı oldukları için beni aşağılamışlardı. Kendimi doğal hakkın bir şehidi ve kanunların bir kurbanı olarak görüyordum. Kalenin yaslandığı dağın ardından güneş doğarken, ben dişlerimi gıcırdatarak zincirlerimi birbirine sürtüyordum; bir tutuklu için uzakların görüntüsü cehennem azabını iki katına çıkarır. Bulunduğum kulenin hava deliklerinden üfüren rüzgâr ve parmaklık demirlerinin üstüne konan kırlangıç, özgürlükleriyle sanki benimle alay ediyor gibiydiler ve bu durum esaretimi daha da katlanılmaz kılıyordu. İşte o zamandan beri ben insana benzeyen her şeye karşı amansız, ateşli bir nefret beslemeye yemin ettim ve bu yeminime hiç ödün vermeden sadık kaldım.

Özgürlüğüme kavuşur kavuşmaz aklımdan ilk geçen şey doğduğum şehre gitmekti. İlerisi için orada geçimimi sağlama umudum ne kadar azsa, intikam açlığımı giderme ümidim de o kadar çoktu. Uzaktan ağaçların arkasından kilisenin kulesi yükselince, kalbim daha hızlı atmaya başladı. Fakat kutsal duygularla dolu olduğum o ilk ziyaretimdeki gibi içten bir huzur hissi artık yoktu. Bir zamanlar orada çekmiş olduğum bütün acıların ve uğradığım takiplerin hatırası bir anda korkunç bir ölüm uykusundan uyandı, kabuk tutmuş yaralar açıldı ve yeniden kanamaya başladı. Adımlarımı sıklaştırdım, çünkü hasımlarımın birdenbire karşılarına çıktığımda düşecekleri dehşet beni şimdiden tatmin ediyordu; aynı şekilde eskiden aşağılanmaktan ne kadar korktuysam, şimdi aşağılanmayı o denli şiddetle arzuluyordum.

Akşam duası için çanlar çalarken ben pazarın ortasına gelmiştim. Kalabalık, kiliseye doğru akın ediyordu. Beni hemen tanıdılar, karşıma çıkan herkes ürkerek geri geri kaçıyordu. Eskiden beri küçük çocukları çok sevmişimdir ve şimdi de yanımdan hoplayıp zıplayarak geçen bir oğlan çocuğuna içimden gelerek bir metelik uzattım. Çocuk bir an bana dik dik baktı ve parayı suratıma fırlattı. Biraz daha sakin olabilseydim, kaledeki günlerimden kalan sakalın yüz hatlarımı korkunç gösterdiğini düşünebilirdim – ancak kötü kalbim mantığımı da etkilemişti. Daha önce hiç ağlamadığım gibi ağladım, gözyaşlarım yanaklarımdan süzülüyordu.

'Çocuk benim kim olduğumu da, nereden geldiğimi de bilmiyor,' diye kendi kendime mırıldandım, 'ama gene de iğrenç bir hayvanmışım gibi benden kaçıyor. Acaba alnımda bir işaret mi vardı, yoksa artık hiçbir insanı sevemeyeceğimi hissettiğim için insana benzer halim kalmadı mı?' – Bu çocuk tarafından horlanmak bana üç yıllık kürek cezasından daha keskin bir acı tattırdı, çünkü ona iyi davranmıştım ama onu bana karşı kişisel bir nefret duymakla suçlayamazdım.

Kilisenin karşısındaki bir tezgâhın üstüne oturdum. Aslında ne istediğimi bilmiyordum; tek bildiğim, önümden geçip giden tanıdıklarımın hiçbiri, hatta biri bile, beni bir selama dahi layık görmeyince kin içinde ayağa kalktığımdır. Canım sıkılmış bir halde kalabileceğim bir han odası aramak üzere bulunduğum yerden ayrıldım; sokağın köşesini döner dönmez karşıma birden benim Johanne çıktı. 'Sonnenwirt,'[1] diye yüksek sesle haykırdı ve beni kucaklamak istermiş gibi bir hareket yaptı. 'Demek gene buradasın sevgili Sonnenwirt! Tanrı'ya şükür geri döndün!' Açlık ve sefalet çektiği kılığından belliydi, yüzünden de korkunç bir hastalığı olduğu anlaşılıyordu; görünüşü ne kadar alçaldığını, dünyanın en sefil yaratığına dönüştüğünü gösteriyordu. Yokluğumda burada neler olup bittiğini hemen anladım: Az önce karşılaştığım, prensliğe bağlı birkaç süvari askerinden, garnizonun kentte bulunduğunu öğrenmiştim. 'Asker fahişesi!' diye bağırdım ve gülerek ona arkamı döndüm. Canlılar âlemi sıralamasında benden daha aşağıda bir varlığın olması beni rahatlattı. Onu hiçbir zaman sevmemiştim.

Annem ölmüştü. Aldığım kredilere karşılık küçük evime el konmuştu. Artık hiç kimsem ve hiçbir şeyim yoktu. Tüm dünya zehirliymişim gibi benden kaçıyordu, ama ben artık utanma duygusu diye bir şey bilmiyordum. Eskiden hor görülmeye katlanamadığım için kendimi insanların bakışından uzak tutmuştum. Oysa şimdi üstlerine gidiyor ve onların korkup kaçmalarından keyifleniyordum. Artık içim rahattı, çünkü kaybedecek ve sakınacak hiçbir şeyim kalmamıştı. Artık iyi bir niteliği-

1. (Alm.) Sonne Hanı'nın sahibi, hancısı. Burada daha ziyade hanın gediklisi anlamında kullanılıyor. (Ç.N.)

min olmasına da ihtiyacım yoktu, çünkü zaten benden böyle bir şey beklenmiyordu.[1]

Önümde koca bir dünya uzanıyordu, belki yabancı bir diyarda dürüst bir adam sayılabilirdim, ama öyle görünmek için bile cesaretimi kaybetmiştim. Çaresizlik ve yüz karası sonunda beni bu şekilde düşünmeye zorlamıştı. Bana kalan son kaçış yolu onurdan yoksun olmayı öğrenmekti, çünkü artık onurlu bir insan sayılmayı bekleyemezdim. Kibrim ve gururum, bu kadar düşmüş yaşamaktansa, kendimi öldürmeme sebep olurdu.

Aslında bundan sonra ne yapacağıma dair bir karara varamıyordum. Kötü şeyler yapmak istediğimi hayal meyal hatırlıyorum. Kaderimi hak etmek istiyordum. Kanunların dünya için bir nimet olduğunu düşünüyordum, ben de onu ihlal etmeyi kendime amaç edindim; eskiden zorunluluk ve düşüncesizlik yüzünden suç işlemiştim, oysa şimdi kendi tercihimle zevkim için suç işliyordum.

İlk işim, kaçak avlanmaya devam etmek oldu. Avcılık bende gitgide tam bir tutku halini almıştı, ayrıca da yaşamımı sürdürmek zorundaydım. Fakat tek neden bu değildi; hükümdarın emirnamesiyle alay etme ve hükümdarıma her yönden zarar verme arzusu bana rahat vermiyordu. Yakalanmak artık umurumda bile değildi, çünkü beni suçüstü yakalayacak adama kurşun sıkmaya hazırdım, üstelik nişan aldığım adamı asla ıskalamayacağımdan da emindim. Karşıma çıkan tüm av hayvanlarını vurdum, ama ancak çok azını sınırda paraya çevirdim, çoğunu çürümek üzere öylece bıraktım. Kurşun ve baruta para yetiştirebilmek için kendim azla yetiniyordum.

1. *Thalia* baskısı şöyle devam eder: "Bana henüz işlemediğim suçların cezasını çektirdiler; insanlara karşı acısını önceden çektiğim kötü hareketleri yapmakta kendimi haklı görüyordum. Onursuzluğum, faiziyle uzun süre zevk ve sefa sürebileceğim sermayemdi." (Ç.N.)

Büyük çapta avlanarak yaptığım tahribat duyulmaya başladıysa da, benden şüphelenmeleri umurumda değildi. Görüntüm her türlü şüpheyi ortadan kaldırıyordu. Adım bile unutulmuştu.

Bu yaşam tarzını aylar boyunca sürdürdüm. Bir sabah her zamanki gibi bir geyiğin izini sürmek üzere ormanı baştan başa dolaşmıştım. İki saat boşuna uğraşmaktan bitkin düşmüştüm, artık avdan vazgeçmek üzereyken bir de ne göreyim, geyik tüfeğin menzili içinde. Tam nişan alıp tetiğe basacakken – ansızın birkaç adım ötemde yerde duran bir şapkanın gözüme çarpması beni şaşırttı. Daha dikkatli bakınca onun avcı Robert olduğunu fark ettim, kalın gövdeli bir meşe ağacının arkasında durmuş, benim silahımı doğrulttuğum geyiğe nişan alıyordu. O anda bir ölüm soğukluğu kemiklerime işledi. İşte, yaşayan tüm varlıklar arasında en büyük tiksintiyle nefret ettiğim o insan karşımda duruyordu ve bu insanın hayatı elimdeki kurşunun hükmü altındaydı. O anda sanki bütün dünyanın varlığı benim tüfek atışıma bağlıydı, tüm yaşamımın kini tek bir parmağımın ucunda birikmişti ve o parmak ölümcül tetiği çekmeliydi. Gözle görünmeyen, korkunç bir el tepemde duruyordu, kaderimin ibresi geri alınamaz bir biçimde bu meşum dakikayı işaret ediyordu. Tüfeğime o dehşetli seçimi yapma yetkisini verdiğim sırada, kolum titriyordu – dişlerim nöbet geçiriyormuş gibi birbirine çarpıyor, nefesim beni boğarcasına ciğerlerimde sıkışıyordu. Bir dakika boyunca tüfeğimin namlusu adamla geyik arasında kararsızca gidip geldi – bir dakika – bir dakika daha – bir daha. İntikam ve vicdan, ısrar ve kuşku duygularıyla dolu amansız bir mücadele içindeydiler, sonunda intikam kazandı, avcı yerde cansız yatıyordu.

Silah sesiyle birlikte tüfeğim de yere düştü... 'Katil' ... diye mırıldandım – orman adeta bir mezarlık kadar sessizdi – 'katil' dediğimi açıkça duydum. Ben yanına yaklaşırken adam can verdi. Uzun bir süre dilim tutulmuş olarak ölünün önünde durdum, birden tiz bir kahkahayla rahatladım. 'Bundan böyle ağzını sıkı tutacaksın sevgili dostum!' diyerek yanına gitmeye cesaret ettim ve kurbanın yüzünü yukarıya çevirdim. Gözleri sanki şaşırmış gibi açıktı. Birden ciddileşip sustum. Giderek içimde bir tuhaflık hissetmeye başlamıştım.

Bu zamana kadar rezilliğim adına suç işlemiştim; oysa şimdi öyle bir şey olmuştu ki bunun henüz kefaretini ödememiştim. Bir saat önce, yeryüzünde benden daha kötüsünün olabileceğine kimse beni inandıramazdı; ama şimdi bir saat önceki durumumda bile gıpta edilecek birisi olduğumu fark etmeye başladım.

Tanrı'nın vereceği cezalar aklıma gelmiyordu – tek hatırladığım, ip, kılıç ve okul yıllarımda tanık olduğum çocuk katili bir kadının infazıyla ilgili karmakarışık anılar. Bundan böyle yaşam hakkımı kaybetmiş olduğuma dair kafamda çok ürkütücü bir düşünce vardı. Daha fazlasını artık hatırlamıyorum. İçimden, keşke hâlâ yaşıyor olsaydı, diye geçirdim. Ölünün yaşarken bana yaptığı tüm kötülükleri gözümün önünde canlandırmak için kendimi zorluyordum, ama ne tuhaftır ki hafızam silinmiş gibiydi. Daha on beş dakika önce beni çılgına çeviren şeylerin hiçbirini hatırlayamıyordum. Bu cinayeti nasıl işlemiş olduğumu bir türlü kavrayamıyordum.

Hâlâ cesedin önünde durmaya devam ediyordum. Kamçı şaklamaları ve ormanın içinden geçen yük arabalarının gıcırtıları beni kendime getirdi. Olayın geçtiği yer, anayolun çeyrek mil kadar uzağındaydı. Güvenliğimi düşünmem gerekirdi.

Fazla düşünmeden ormanın derinliklerine daldım. Yolda giderken, ölenin bir de cep saati olduğu aklıma geldi. Sınıra ulaşmak için paraya ihtiyacım vardı – ama ölünün yattığı yere dönmeye cesaretim yoktu. O anda şeytan ve her an her yerde olan Tanrı aklıma geldi ve içimi bir korku kapladı. Tüm cesaretimi topladım; cehennemle bile savaşmak kararıyla, olay yerine geri döndüm. Umduğumu da buldum, üstelik yeşil bir kese içinde bir taler'den biraz fazla para da buldum. Tam ikisini de cebime atmak üzereyken, birden durdum ve düşündüm. Bu, utanca kapılmamdan ileri gelmiyordu, ayrıca işlediğim suçu yağmacılıkla daha da artırma korkusundan da değildi. – Saati elimden fırlatıp paranın da sadece yarısını almam sanırım bir çeşit kafa tutmaktı. Vurulan adımın şahsi düşmanı olduğumun anlaşılmasını istiyordum, soyguncusu değil.

Ormanın içine doğru kaçmaya başladım. Ormanlık arazinin kuzeye doğru dört Alman mili[1] kadar uzandığını ve orada eyalet sınırına vardığını biliyordum. Tam öğlene kadar nefes nefese koşup durdum. Kaçış telaşı içinde, vicdan azabım dağılmıştı, ama gücüm giderek azaldıkça, o da şiddetlenerek geri döndü. Adeta binlerce iğrenç yaratık yanımdan geçip gidiyor ve bağrıma keskin bıçaklar saplıyordu. Geride bana aralıksız ölüm korkusuyla dolu bir yaşam ile feci bir intihar arasında korkunç bir seçim yapmak kalmıştı ve bu seçimi yapmak zorundaydım. Bende kendi canına kıyarak dünyayı terk edecek yürek yoktu, hayatta kalma düşüncesi de bana dehşet veriyordu. Yaşamın bilinen acıları ile sonsuzluğun bilinmeyen korkuları arasında sıkışmış, yaşamayı da ölmeyi de aynı derecede beceremez bir halde, firarımın altıncı saatini de doldurdum, acıyla dolu geçirilmiş böyle bir saati hâlâ hayatta olan hiçbir insan anlatamaz.

Sanki beni cansız doğanın gözünde tanınmaz kılabilecekmiş gibi şapkamı gayriihtiyari yüzüme indirmiş bir

1. Almanya'da 19. yüzyılın sonlarına kadar geçerli olan ölçü birimlerinden biri. Bir Alman mili 7532,5 metreye karşılık gelir. (Ç.N.)

halde, kendi içime dönmüş yavaş yavaş ilerlerken, farkına varmadan en karanlık ve sıkışık fundalığın içinden geçen dar bir patikayı izlemiştim – birden karşımdan kaba ve sert bir ses, 'Dur,' diye emretti. Ses çok yakınımdan geliyordu, şaşkınlığım ve gözümün üstüne kadar indirdiğim şapka etrafımı görmemi engellemişti. Gözlerimi açtığımda, elinde kocaman boğumlu bir topuz olan irikıyım bir adamın bana doğru geldiğini gördüm. Adamın dev gibi bir vücudu vardı –en azından ilk andaki şaşkınlığım öyle sanmama neden olmuştu– derisinin rengi sarımsı bir Habeş esmerliğinde olduğundan şaşı gözlerinin akı iğrenç denecek kadar dikkati çekiyordu. Kemer yerine kalın bir ipi yeşil yünlü ceketine iki kere dolamış, arasına da geniş bir kasap bıçağı ve bir tabanca sıkıştırmıştı. Dur ihtarı tekrarlandı ve güçlü bir kol beni kıskıvrak yakaladı. İnsan sesi duymak beni dehşete düşürmüştü, ama üstünden kötülük akan birinin görüntüsü beni yüreklendirdi. İçinde bulunduğum şu durumda, dürüst insanlardan korkmam için sebep vardı, oysa bir haydutun karşısında titremem için bir neden yoktu.

'Kimsin sen?' dedi o görüntü.

'Senin gibi biri,' diye cevapladım, 'Eğer göründüğün gibi biriysen!'

'Buradan öteye yol gitmez. Buralarda ne arıyorsun?'

'Ya sen kim oluyorsun da bunu soruyorsun?' diye diklenerek karşılık verdim.

Adam beni baştan ayağa iki kez süzdü. Sanki benim cüssemle kendisininkini, cevabımla da cüssemi karşılaştırmak ister gibiydi. 'Kaba konuşuyorsun, tıpkı bir dilenci gibi,' dedi sonunda.

'Olabilir. Düne kadar zaten öyleydim.'

Adam güldü. 'Bunun böyle olduğuna yemin ederim,' diye bağırdı, 'Zaten şimdi de daha matah biri sayılma iddiasında değilsin.'

'Yani, daha beter biri,' dedim ve yoluma devam etmek istedim.

'Yavaş ol dostum! Arkanda kovalayan mı var? Zaman kaybetmekten mi çekiniyorsun?'

Bir an durup düşündüm. Bu söz dilimin ucuna nasıl geldi bilmiyorum: 'Hayat kısa,' dedim yavaşça. 'Oysa cehennem sonsuza dek sürer.'

Dik dik bana baktı. 'Eğer darağacından yakayı zor sıyırmadıysan Tanrı beni lanetlesin,' dedi sonunda.

'Bir gün o da olabilir. Haydi, tekrar görüşmek üzere dostum!'

'Eyvallah dostum!' – diye haykırdı, av çantasından kalaylı bir şişe çıkarıp büyük bir yudum aldıktan sonra şişeyi bana uzattı. Firar ve endişeden, bütün kuvvetim tükenmişti, o korkunç gün boyunca ağzıma bir lokma girmemişti. Ormanlık arazide susuzluktan ölüp gideceğim diye korkmaya başlamıştım, çünkü bulunduğum yerin üç mil kadar civarında beni serinletecek bir şey bulma ümidim yoktu. Bu şifa veren ikramı ne kadar memnuniyetle kabul ettiğime artık siz karar verin. Bu canlandırıcı içki vücuduma taze bir güç, yüreğime yeni bir cesaret, içime yaşama sevgisi ve umudu aşıladı. Tamamen sefil olmadığıma inanmaya başladım; içki o kadar makbule geçmişti. Hatta, itiraf ediyorum, yeniden mutluluk duyuyordum, çünkü hüsranla sonuçlanan binlerce umudun ardından nihayet kendime benzeyen bir yaratık bulmuştum. İçine düştüğüm bu durumda candan bir arkadaş edinmek için ruhu cehennemden çıkma biriyle bile dostluk şerefine içebilirdim.

Adam otların üzerine uzanmıştı, ben de öyle yaptım.

'Verdiğin içki bana iyi geldi!' dedim, 'Birbirimizi daha yakından tanımalıyız.'

Piposunu yakmak için çakmağını çaktı.

'Bu işi uzun zamandır mı yapıyorsun?'

Gözlerini kaçırmadan yüzüme baktı. 'Ne demek istiyorsun?'

'Bu sık sık böyle kanlı mı olur?' Kuşağının arasından bıçağı çekip aldım.

'Kimsin sen?' dedi dehşetle ve pipoyu uzağına bıraktı.

'Bir katil, senin gibi – ama henüz bir acemi.'

Adam bana dik dik baktı ve tekrar piposunu eline aldı.

'Buralı değilsin galiba?' dedi sonunda.

'Evim buradan üç mil ötede. L. kentinden Sonnenwirt, belki benden bahsedildiğini duymuşundur.'

Adam çılgın gibi yerinden fırladı. 'Yani kaçak avcı Wolf mu?' diye heyecanla haykırdı.

'Ta kendisi.'

'Hoş geldin dostum! Hoş geldin!' diye bağırarak elimi kuvvetlice sıktı. Sonunda seni bulmam çok iyi oldu Sonnenwirt. Yıllar yılı seninle karşılaşmanın hayalini kuruyordum. Seni gayet iyi tanıyorum. Her şeyden haberdarım. Uzun zamandır seninle karşılaşacağımı biliyordum.'

'Benimle karşılaşacağını biliyor muydun? Neden?'

'Bütün civar senden bahsediyor. Düşmanların var, memurun biri seni suçüstü yakaladı Wolf. Seni mahvettiler, sana çok acımasız davrandılar.'

Adam gitgide ateşleniyordu: 'Prensin bizim arazilerimizde ve tarlalarımızda otlattığı birkaç domuzunu vurdun diye seni yıllarca hapse tıkıp kalede çalıştırdılar, evini ve işini elinden aldılar, seni dilenci yaptılar. Artık insanın tavşan kadar bile değerinin kalmadığı bir hale mi geldik kardeşim? Tarladaki sığırlar kadar da mı kıymetimiz yok? – Üstelik senin gibi bir herif buna nasıl katlansın?'

'Bunu değiştirmem mümkün müydü?'

'Göreceğiz bakalım. Haydi söylesene, şimdi nereden geliyorsun ve niyetin nedir?'

Ona tüm hikâyemi anlattım. Adam, anlattıklarımın sonunu beklemeden neşeli bir sabırsızlıkla ayağa fırladı ve beni arkasından sürükledi. 'Gel kardeşim Sonnenwirt,' dedi, 'artık tam kıvamına ermişsin, tam istediğim yere gelmişsin. Seni bulmuş olmak benim için şereftir. Gel benimle.'

'Beni nereye götürüyorsun?'

'Daha fazlasını sorma. Gel benimle!' – Beni zorla sürükleyerek götürdü.

Yaklaşık çeyrek mil kadar yürümüştük. Orman giderek yokuş aşağı iniyor, daha sarp, sapa ve vahşi bir hal alıyordu, ikimiz de tek bir kelime etmiyorduk, birden rehberimin ıslığıyla irkildim ve derin düşüncelerimden sıyrılıp gerçek hayata döndüm. Gözlerimi açtım, kayalık bir yerde, derin bir yarığın oluşturduğu dimdik bir uçurumun başındaydık. İkinci bir ıslık sesi kayaların derinliklerinden cevap verdi ve dipten ağır ağır kendiliğinden yükselirmiş gibi bir merdiven belirdi. İlk önce rehberim aşağıya indi, bana da dönünceye kadar beklememi söyledi. 'Önce köpeğin zincirini bağlayayım da,' diye ekledi, 'buraların yabancısısın, vahşi hayvan seni parçalayabilir.' Bu sözlerle uzaklaştı.

Şimdi tek başıma uçurumun önünde duruyordum ve tek başıma olduğumdan da emindim. Rehberimin dikkatsizliği gözümden kaçmamıştı. Merdiveni yukarı çekmek o anda cesaretle vereceğim bir karara bağlıydı, sonra özgürdüm ve firarım güvencedeydi. Bunun farkında olduğumu kabul ediyorum. Beni içine alacak olan uçurumdan aşağı baktım; bana hayal meyal kurtuluşu olmayan cehennem uçurumunu hatırlattı. Yaşamımın bundan sonra izleyeceği yol karşısında içim ürpermeye başladı; beni sadece derhal firar etmek kurtarabilirdi. Bu firarda kararlıyım – elimi merdivene doğru uzatıyorum – ama birdenbire kulaklarımda bir gümbürtü, sanki cehennemden alaycı kahkahalar etrafımda çınladı: *Bir katilin sakınacak neyi olabilir ki?* – ve kolum felçli gibi aşağı sarktı. Artık hesabım tamamdı, pişmanlık vaktini kaçırmıştım, işlediğim cinayet arkamda bir kaya gibi yükseliyor ve geriye dönüşümün önünü sonsuza kadar kapatıyordu. Bunları aklımdan geçirdiğim sırada rehberim tekrar göründü ve gelebileceğimi haber verdi. Şimdi artık hiçbir seçeneğim yoktu. Merdivenden aşağıya indim.

Kayalıkların dibinden aşağıya doğru biraz uzaklaşmıştık ki yer genişledi ve tek tük kulübeler belirdi. Ortalarında daire şeklinde açılan çimenlik bir alan vardı, yaklaşık on sekiz-yirmi kişi orada bir kömür ateşinin etrafında oturmuştu. 'Arkadaşlar,' dedi rehberim ve beni topluluğun ortasına çekti: 'İşte bizim Sonnenwirt! Haydi, ona hoş geldin deyin!'

'Sonnenwirt!' diye haykırdı herkes hep bir ağızdan ve ayağa fırlayarak kadın erkek etrafımı aldılar. Doğrusu sevinç gösterisi yapmacıksız ve içtendi, hepsinin yüz ifadelerinden güven duygusu, hatta saygı yansıyordu, kimi elimi sıkıyor, kimi samimiyetle kıyafetimi çekiştiriyordu, bütün davranışları adeta değer verdikleri eski bir ahbapla yeniden karşılaşıyormuş gibiydi. Benim gelişimle birlikte başlamak üzere oldukları keyifli yemeğe ara vermek zorunda kalmışlardı. Hemen yemeğe devam edildi ve bana da hoş geldin içkisi içmem için ısrar ettiler. Yemekte her çeşit av eti vardı, bir yandan da şarap şişesi durmaksızın elden ele dolaştırılmaktaydı. Refah ve birlik duygusu bütün çeteyi canlandırıyor gibiydi, herkes bana sevincini içinden geldiği gibi belli etmek için yarışıyordu.

Beni iki kadının arasına, sofranın başköşesine oturttular. Kadın neslinin süprüntüleriyle karşılaşacağımı sanırken bu aşağılık güruhun arasında hayatım boyunca gördüğüm en güzel kadınlara rastlayınca büyük bir şaşkınlık içinde kaldım. Aralarına oturduğum iki kadından yaşça daha büyük ve güzel olan Margarete, henüz evlenmemiş olduğunu söyledi, yaşı yirmi beşten büyük olamazdı. Küstah bir tavırla konuşuyordu, el kol hareketleri bundan da beterdi. Daha genç olan Marie evlenmiş, ancak kendisine kötü davranan kocasından kaçmıştı. Daha zarif yapılıydı ama yüzü solgun görünüyordu, bedeni zayıftı ve ateşli komşusundan çok daha az göze çarpıyordu. Her iki kadın da benim arzumu kamçılamak için birbirleriyle çekişiyorlardı; güzel Margarete kaba şakalarıyla benim aptallığımın üstesinden gelmeye çalışıyordu, ancak kadın her şeyiyle bana itici gelmişti, buna karşılık kalbimi çekingen Marie'ye kaptırmıştım.

Beni oraya getiren adam, 'Görüyorsun işte, kardeşim Sonnenwirt,' diyerek konuşmaya başladı, 'bir arada nasıl yaşadığımızı görüyorsun, bu bizim her günkü halimiz. Öyle değil mi arkadaşlar?'

'Her günkü halimiz,' diye tekrarladı bütün ekip.

'Yaşam tarzımızdan hoşlandıysan ve bizimle birlik olmak istersen, el sıkışalım ve bizim reisimiz ol. Şimdiye kadar reis bendim, ama sana baş eğerim. Kabul mü arkadaşlar?'

Neşe dolu bir 'Evet!' cevabı çıktı tüm hançerelerden.

Başım ateş içinde yanıyordu, beynim uyuşmuştu, şarap ve arzudan kanım kaynıyordu. Dünya beni bir vebalı gibi fırlatıp dışarı atmışken – burada kardeşçe kabul görmüş, refah ve onura kavuşmuştum. Seçimim ne olursa olsun, beni bekleyen son ölümdü. Fakat burada en azından hayatımı daha yüksek bir fiyata satabilirdim. Şehvet duygusu benim en şiddetli eğilimimdi; karşı cins şimdiye kadar beni hep hor görmüştü, oysa burada beni iltifatlar ve sınırsız hazlar bekliyordu. Kararım bana bir şey kaybettirmeyecekti. 'Sizinle kalıyorum arkadaşlar,' diye haykırdım kararlılıkla ve çetenin adamlarının arasına girdim; 'sizinle kalıyorum,' diye bağırdım tekrar, 'yanımdaki güzel kızı bana bırakmanız koşuluyla!' – Hepsi birden talebimi yerine getirmeye hazırdılar, artık resmen bir fahi..nin[1] sahibi ve bir hırsız çetesinin başıydım."

Hikâyenin bu kısmını tamamen atlıyorum; salt iğrençliğin okur için ders veren bir yanı yoktur. Bu kadar dibe batmış talihsizin biri, insanlığı isyan ettiren her şeye elbette cüret edebilirdi – ona rağmen kendisinin de işkence sırasında yeminle teyit ettiği gibi bundan sonra ikinci bir cinayet daha işlemedi.

Bu adamın ünü kısa sürede bütün eyalete yayıldı. Şehirler arasındaki yollar güvensiz hale gelmişti, gece soygunları vatandaşı huzursuz ediyordu, Sonnenwirt adı bölge halkının korkulu rüyası haline gelmişti, adli makamlar onun peşine düştüler, yakalayana ödül vaat edildi. Talihi ona yardım etti ve özgürlüğüne karşı tüm saldırılar boşa çıktı, ayrıca mucizeye düşkün köylülerin batıl inançlarını kendi güvenliği için kullanacak kadar da kurnazdı. Adamları etrafa onun şeytanla birlik olduğu ve büyü yapabildiği söylentilerini yaydılar. Eylemlerini gerçekleştirdiği bölge, o zamanlar aydınlanmış Almanya'ya şimdiki kadar dahil değildi; söylentilere inandılar, bu yüzden güvencedeydi. Şeytana hizmet eden bu tehlikeli adamla uğraşmaya kimsenin niyeti yoktu.

Bir yıl boyunca bu sefil işi yapmıştı, iş artık dayanılmaz bir hale gelmişti. Başına geçtiği çete onun parlak beklentilerini karşılamıyordu. Baştan çıkarıcı bir dış görünüş bir zamanlar şarap sarhoşluğu içinde gözlerini kamaştırmıştı, şimdi ise ne kadar iğrenç bir biçimde aldatıldığının dehşetle farkına varıyordu. Gözünü boyadıkları bolluğun yerini açlık ve yokluk almıştı; çoğu zaman açlıktan ölmeyecek kadar bir yemeği elde etmek için

1. Özgün metinde H... olarak geçen *Hure* sözcüğü, fahişe anlamına gelir. (Ç.N.)

canını tehlikeye atmak zorunda kalıyordu. O kardeşlik birliği görüntüsü yok olmuştu; haset, kuşku ve kıskançlık bu sefih çeteyi içten içe kemiriyordu. Adli makamlar onu canlı teslim edene ödül verileceğini duyurmuştu, ayrıca eğer bu kişi onun eski bir suç ortağı ise o kişiye resmen af tanınacaktı – dünyanın en aşağılık yaratıklarına cazip gelebilecek güçlü bir ayartı! Bahtsız adam, içinde bulunduğu tehlikeyi görüyordu. İnsanlara ve Tanrı'ya ihanet edenlerin dürüstlüğüne kesinlikle canını emanet edemezdi. O zamandan beri uykuları kaçıyor, sonsuz bir ölüm korkusu ruhunu kemiriyordu, kuşkunun iğrenç hayaleti hiçbir yerde peşini bırakmıyor, uyandığında ona işkence ediyor, uyurken adeta başucunda duruyor ve dehşet saçan rüyalarla onu korkutuyordu. Susturmuş olduğu vicdanı da tekrar dile gelmeye başladı, pişmanlık uyuyan bir engerek yılanı gibi kalbinde hiç dinmeyen bu fırtınadan uyandı. İçindeki bütün nefret, insanlığa yönelmekten vazgeçti ve keskin kılıcını bizzat kendisine doğru çevirdi. Şimdi bütün doğayı affediyor, sadece kendisini lanetliyordu.

Kötü huy ve alışkanlıklar, bahtsız adama tam anlamıyla dersini vermişti; doğuştan sağlam sağduyusu nihayet acıklı yanılgının üstesinden geldi. Şimdi ne kadar dibe batmış olduğunu hissediyordu, içini kemiren umutsuzluğun yerini daha sakin bir hüzün almıştı. Gözyaşları içinde geçmişe geri dönebilmeyi diliyordu; şimdi olsa aynı durumlar karşısında tamamen farklı davranacağından emindi. Hâlâ dürüst ve haksever olabileceğine dair içinde bir ümit belirmeye başladı, çünkü bunu yapabileceğini hissediyordu. Kötülüğünün doruğunda olduğu şu anda, iyiye belki de ilk yanlış adımı attığı zamankinden daha yakındı.

Tam o sıralarda Yedi Yıl Savaşı başlamıştı ve askere kaydolma çağrıları almış, yürümüştü. Bahtsız adam bu durumdan ümitlendi ve hükümdara bir mektup yazdı. İçeriğini şöyle özetleyebilirim:

Lütufkâr hükümdarım,

Eğer *benim* düzeyime inmekten tiksinmez ve benim gibi bir suçludan merhametinizi esirgemezseniz, lütfen bana kulak veriniz. Ben hem katil hem de hırsızım, kanun beni ölüm cezasına çarptırıyor, adli makamlar beni arıyor – bense kendi özgür irademle teslim olmak istiyorum. Buna rağmen, tuhaf karşılayacağınız bir dilekle huzurunuza çıkıyorum. Yaşamımdan tiksiniyorum, ölümden de korkmuyorum, ama bana korkunç gelen şey, yaşamış olmadan ölmek. Kötü geçmişimin bir kısmını telafi etmek için yaşamak istiyorum; hakir gördüğüm devletle barışmak için yaşamak istiyorum. İdamım dünyaya ibret olacak ama yaptığım kötülükleri düzeltmeyecek. Kötülükten nefret ediyorum, hakkaniyet ve erdem içinse yanıp tutuşuyorum. Anayurduma dehşet salmakta maharetimi gösterdim; umarım ona faydalı olmak için de hâlâ elimden gelecek bir şeyler kalmıştır.

Sizden olmayacak bir şey istediğimi biliyorum. Yaşamım cezalandırılmayı hak ediyor, adaletle pazarlık yapmak niyetinde değilim. Fakat karşınızda zincire vurulmuş bir tutsak olarak durmuyorum –henüz özgürüm– sizden böyle bir dilekte bulunmamda korkumun en küçük bir payı yok.

Bana sadece bir lütufta bulunmanız için yalvarıyorum. Eğer bana adaletli davranılmasını istemek gibi bir hakkım olsaydı bile, bunu kullanmaya cesaret edemezdim. – Gene de beni yargılayacak kişiye şunu hatırlatmak isterim. Suçlarımın başlangıç tarihi, yargının hakkımda verdiği kararla onurumu ömür boyu yitirdiğim andır. O zamanlar bana karşı daha hakkaniyetli olunsaydı, şimdi belki de lütfunuza sığınma gereğini duymazdım.

Merhameti adalete tercih ediniz ve beni affediniz hükümdarım! Eğer kanunun bana merhamet göstermesini sağlamak hükümdarlık yetkiniz dahilindeyse, o zaman lütfen hayatımı bana bağışlayınız. Bundan sonra onu sizin hizmetinize adayacağım. Eğer elinizden geliyorsa, yüce iradenizin kararı hakkında beni açık duyurular yoluyla haberdar ediniz, sizin hükümdar olarak vereceğiniz söz üzerine başkentte teslim olacağım. Hakkımda başka bir karar verirseniz, o zaman varsın adalet sizin kararınızı uygulasın, ben kendi kararımı uygulamak zorundayım.

Bu af dilekçesi cevapsız kaldı, süvari olarak hükümdarın hizmetine girme dileğini içeren ikinci ve üçüncü dilekçesi de. Affedileceğine dair ümidini tamamen kaybetti, sonunda memleketten kaçıp Prusya kralının hizmetinde cesur bir asker olarak ölme kararı aldı.

Gizlice çeteyi terk etmeyi başardı ve bu yolculuğa çıktı. Yolunun üstündeki küçük bir taşra kentinde gecelemeye karar verdi. Kısa bir süre önce memleketin her tarafında seyahat edenlerin iyice araştırılmasıyla ilgili kesin buyruklar çıkarılmıştı, çünkü imparatorluğa bağlı bir prens olan hükümdar savaşta taraf olmuştu. Böyle bir emir bu küçük kentin giriş kapısında görevli olan bekçiye de ulaşmıştı. Memur sınır bariyerinin önündeki bir bankta oturmaktayken Sonnenwirt at üstünde oraya yaklaşıyordu. Bu adamın üstünde başında gülünç olmakla beraber, biraz korkutucu ve vahşi bir hava vardı. Üstüne bindiği cılız beygir ve muhtemelen kendi tercihine göre değil de yaptığı hırsızlıkların sırasına göre seçtiği kıyafetinin maskaralığı, tıpkı bir savaş alanında etrafa yayılmış ceset parçaları gibi birçok şiddetli duygunun izlerini taşıyan bir yüzle hayli tuhaf bir tezat oluşturuyordu. Kapı bekçisi bu tuhaf gezginin görünüşünden kuşkulandı. Adam saçını sınır bekçiliği görevinde ağartmıştı ve kırk yıllık memuriyeti ona her türlü serseriyi fizyonomisinden şaşmaz bir biçimde teşhis edebilme deneyimi kazandırmıştı. İz süren keskin bakışı burada da yanılmadı. Hemen kentin kapısını sürgüledi ve süvariden geçiş belgesi göstermesini istedi, aynı zamanda da atın yularını yakaladı. Wolf bu tür durumlar için hazırlıklıydı, gerçekten de yanında daha önce soyduğu bir tüccardan gasp ettiği bir geçiş belgesi taşıyordu. Fakat bir tek bu belge kırk yıllık deneyimi alt etmek ve sınır bariyerindeki kehaneti geçersiz kılmak için yeterli değildi. Sınır bekçisi gözlerine bu kâğıttan daha çok inanıyordu ve bu nedenle Wolf'a valilik binasına kadar kendisini takip etmesini söyledi.

Bölgenin valisi[1] geçiş belgesini inceledi ve geçerli bulduğunu açıkladı. Vali yeni haberlerin sıkı bir takipçisiydi ve içkisini yudumlarken gazete haberleri hakkında sohbet etmeyi çok severdi. Geçiş belgesinden, sahibinin savaşın sürmekte olduğu düşman ülkelerden doğruca buraya geldiği anlaşılıyordu. Vali bu yabancıdan özel haberler alabilmeyi umuyordu ve geçiş belgesini geri vermek üzere bir kâtip gönderip onu şarap içmeye davet etti.

O sırada Sonnenwirt valilik binasının önünde beklemektedir; bu gülünç gösteri küçük kentin ayaktakımını akın akın oraya toplamıştır. Kulaktan kulağa fısıldaşılır, bir atı bir süvariyi işaret ederler; avamın taşkınlığı sonunda gürültülü bir kargaşaya yol açar. Ne yazık ki herkesin parmakla işaret ettiği at çalıntıydı; Wolf gıyabi tutuklama kararı tezkeresinde atın tarif edildiğini ve o sırada da tanındığını zanneder. Valinin beklenmedik konukseverliği kuşkusunu artırır. Bunun, geçiş belgesinin sahte olduğunu ortaya çıkarmak için düzenlendiğini ve bu davetin de onu karşı koymasına fırsat vermeden canlı olarak yakalamak için bir tuzak olduğunu düşünür. Vic-

1. Ortaçağ Almanya'sında derebeyliğin en yüksek idari memuru, aynı zamanda yargıcı. (Ç.N.)

dan huzursuzluğu onu aptala döndürür, hiç cevap vermeden atını mahmuzladığı gibi oradan kaçar.

Bu ani firar, isyan parolası anlamına gelir.

Herkes, "Hırsız!" diye bağırarak peşine düşer. Atını koşturan adam içinse, bu bir ölüm kalım meselesidir, o çoktan aradaki mesafeyi açmıştır, takipçilerin solukları kesilir, kurtuluşu yakındır – ancak kaderin görünmez yumruğu onu olduğu yere mıhlar, artık zamanı dolmuştur, adaletin amansız pençesi suçluyu kıskıvrak yakalar. Kendini emanet ettiği sokak, meğer bir çıkmaz sokakmış, zorunlu olarak geriye dönüp takipçilerin eline düşer.

Bu olayın gürültüsü bütün kenti ayaklandırır, kalabalık akın akın toplaşır, tüm yollar kesilir, hasımları grup halinde ona doğru ilerler. Wolf tabancasını çeker, halk kaçışır, kalabalığın arasından kendine bir yol açıp kurtulmak ister. "Beni tutmaya kalkışan," diye haykırır, "bu kurşunu yer." – Korkudan herkes duraklar – sonunda cesur bir çilingir çırağı arkadan kolunu kapar ve kaçağın tetiği çekmek üzere olan parmağını yakalayarak büker. Tabanca yere düşer, savunmasız kalan adam atından indirilir ve zafer naralarıyla sürüklenerek valilik binasına götürülür.

"Kimsin sen?" diye hayli sert bir tonla yargıç sorar.

"Nezaketle sorulmayan hiçbir soruya cevap vermemekte kararlı bir adam."

"Kimsiniz siz?"

"Kendimi ne diye tanıttıysam oyum. Almanya'nın her tarafını gezdim, hiçbir yerde böyle bir terbiyesizlikle karşılaşmadım.

"Aniden kaçışınız şüphe uyandırdı. Neden kaçtınız?"

"Ayaktakımınızın alay konusu olmaktan bıktım.

"Ateş etmekle tehdit ettiniz."

"Tabancam dolu değildi." Silahı incelediler; içinde kurşun yoktu.

"Yanınızda neden gizlice silah taşıyorsunuz?"

"Yanımda değerli eşyalar bulunduğu için ve bu civarlarda dolaştığı sanılan o malum Sonnenwirt'e karşı beni uyardıkları için."

"Cevaplarınız gözüpekliğinizi kanıtlıyor, iyi niyetli olduğunuzu değil. Bana doğruyu açıklamanız için size yarına kadar zaman tanıyorum."

"İfademi değiştirmeyeceğim."

"Şunu kuleye götürün."

"Kuleye mi? – Sayın vali, umarım bu memlekette hâlâ adalet vardır. Tazminat talep edeceğim."

"Haklı çıktığınız anda tazminatınızı vereceğim."

Ertesi güne kadar vali bu konuyu düşündü, yabancı adam suçsuz olabilirdi; emredercesine konuşmakla onun inadını kırmak mümkün olmayacaktı, belki de ona anlayışlı ve ölçülü bir tavırla yaklaşmak daha iyi olurdu. O yerin meclis üyelerini topladı ve tutukluyu huzurlarına çıkardı.

"Bayım, dün ilk anda size sert ve hiddetli davrandıysam bağışlayınız."

"Bana karşı böyle davranırsanız, memnuniyetle."

"Kanunlarımız katıdır, çıkardığınız olay gürültü yaptı. Sizi serbest bırakırsam, görevimi çiğnemiş olurum. Görünüş aleyhinizde. Sizden bana bunun böyle olmadığını kanıtlayacak bir şey söylemenizi diliyorum."

"Ya anlatacak bir şeyim yoksa?"

"O zaman durumu hükümete bildirmem gerekir, o süre içinde nezarette kalırsınız."

"Peki ya sonra?"

"Bir serseri olarak nitelenip kırbaçlanarak sınır dışı edilirsiniz ya da daha insaflısı, askere alınma tehlikesiyle karşı karşıya kalırsınız."

Birkaç dakika sustu, zorlu bir savaşın mücadelesini veriyor gibiydi; sonra hızla yargıca döndü.

"Sizinle on beş dakika yalnız kalabilir miyim?"

Meclis üyeleri kuşkuyla bakıştılar, ancak amirlerinin işareti üzerine uzaklaştılar.

"Peki talebiniz nedir?"

"Dünkü davranışınız, sayın vali, beni asla bir itirafta bulunmaya yöneltmezdi, çünkü şiddete kafa tutarım. Bugün bana karşı gösterdiğiniz alçakgönüllü tutumunuz size güven ve saygı duymamı sağladı. Sizin asil bir insan olduğunuza inanıyorum."

"Bana ne söylemek istiyorsunuz?"

"Sizin asil bir insan olduğunuzu görüyorum. Uzun zamandır sizin gibi birisiyle karşılaşmayı bekliyordum. Sağ elinizi tutmama izin veriniz."

"Bu nereye varacak?"

"Siz bu yolda saçlarını ağartmış, saygıdeğer birisiniz. Uzun süredir hayattasınız – herhalde pek çok acı çektiniz – değil mi? İnsani yönünüz kuvvetlenmiştir herhalde?"

"Bayım, bunlar ne demek oluyor?"

"Sonsuzluğun bir adım önünde duruyorsunuz, yakında – yakında Tanrı'nın merhametine muhtaç olacaksınız. Siz bu merhameti insanlardan esirgeyemezsiniz – bir şeyler sezmiyor musunuz? Kiminle konuştuğunuzu düşünüyorsunuz?"

"Ne demek bu? Beni korkutuyorsunuz."

"Hâlâ bir şey sezmediniz mi? – Hükümdarınıza beni nasıl yakaladığınızı ve bizzat hür irademle kendi kendimi ele verdiğimi bildiriniz. – Şimdi bana karşı merhametli davranırsa, Tanrı'nın da ona öyle davranacağını kendisine arz ediniz. – Bunu benim adıma dileyiniz saygıdeğer yaşlı adam, raporunuzun üstüne bir damla da gözyaşı akıtınız. Sonnenwirt denen adam benim."

ALBA DÜKÜNÜN[1] RUDOLSTADT ŞATOSU'NDAKİ KAHVALTISI, YIL 1547.

On altıncı yüzyıldan kalma bir vakayinamenin sayfalarını karıştırırken (*Res in Ecclesia et Politica Christiana gestae ab anno 1500 ad an. 1600. Aut. J. Soeffng, Th. D. Rudolst. 1670*), bir değil birçok sebepten ötürü unutulup gitmekten kurtarılmayı hak eden bir anekdota rastladım. *Mausolea manibus Metzelii posita a. Fr. Melch. Dedekindo 1638* başlıklı bir yazıda da bu anekdot doğrulanmaktadır; bunun yanında Spangenberg'in[2] *Adelspiegel Th. I. Bd. 13, S. 445*'ine de başvurulabilir.

Bu anekdotta, Alman İmparatorluğu'na kayzer yetiştirmiş, kahramanlıklarıyla ünlü bir hanedandan gelme bir Alman kadının, dehşetengiz Alba dükünü kararlı davranışıyla neredeyse korkudan titrettiği anlatılır. Dul Kontes Catharina von Schwarzburg (doğumu Henneberg Prensesi), İmparator V. Karl[3] 1547'de Mühlberg Meydan

1. III. Alba Dükü Fernando Álvarez de Toledo y Pimentel (1507-1582): İspanyol generali ve Felemenk genel valisi (1567-1573). Zorbalığı ve despotluğu nedeniyle Protestanlarca "Demir Dük" lakabıyla anılırdı. (Ç.N.)

2. Cyriacus Spangenberg (1528-1604): Teolog ve tarihçi. (Ç.N.)

3. V. Karl (1500-1558): Dilimizde adının Fransızca okunuşuyla Şarlken olarak bilinen Kutsal Roma-Germen imparatoru, İspanya kralı, Avusturya arşidükü. (Ç.N.)

Savaşı'nın ardından Frankonya ve Svabya eyaletlerine sefere gitmek üzere Thüringen'e uğramışken, kentin içinden geçecek olan İspanyol ordusunun halkına hiçbir zarar vermeyeceğine dair kendisinden bir güvence belgesi talep etmiş. Buna karşılık karşı kıyıya geçecek olan İspanyol birliklerinin ihtiyaçlarını karşılaması için ekmek, bira ve diğer gıda maddelerinin küçük bir ücret karşılığında Rudolstadt'tan Saal Köprüsü'ne gönderileceğini taahhüt etmiş. Aynı zamanda tedbiri de elden bırakmayarak kentin çok yakınındaki köprüyü hızla yıktırıp kentten uzakta bir yerde yeniden inşa ettirmiş, bu yolla yağmacı konukların kentin çok yakınına gelip de şeytana uymalarını engellemeyi tasarlıyormuş. Ayrıca ordunun geçeceği bölgelerde yaşayan halkın en değerli eşyalarını Rudolstadt Şatosu'na getirmesine de izin verilmiş.

İspanyol generali, Dük Heinrich von Braunschweig ve oğulları eşliğinde kente yaklaşırken Kontes von Schwarzburg'a bir ulak göndererek kendisini sabah kahvaltısına konuk olarak kabul etmesini rica etmiş. Savaşa giden bir ordunun başındaki kişi tarafından yapılan böyle alçakgönüllü bir rica kolay kolay geri çevrilemezdi. Bu ricaya karşılık, kilerimizde ne varsa sunmaya hazırız, cevabı verildi; ekselansları buyursunlar, kendilerini memnun etmeye gayret edeceğiz, dendi. Aynı zamanda, güvence belgesi talebi bir kez daha hatırlatılarak İspanyol generalden gereğinin hassasiyetle yerine getirilmesi ricasında bulunulması da ihmal edilmedi.

Bu arada şatoda, dükü dostça bir karşılama ve mükellef bir sofra beklemektedir. Dük, Thüringen'li kadınların evinde çok iyi yenip içildiğini ve konuklarını en saygın biçimde ağırlamaya özen gösterdiklerini söyler. Sofraya tam oturmak üzerelerken, acil olarak gönderilen ulağın gelişiyle kontes dışarıya çıkar. Kendisine verilen habere göre, İspanyol askerleri yol üzerindeki birkaç köyde şiddete başvurmuş ve köylülerin hayvanlarına el koymuşlardır. Catharina, halkının adeta annesi gibiydi; tebaasındaki en âciz kişiye karşı yapılan hareketi, kendisine karşı yapılmış sayardı. Verilen sözün tutulmamasına müthiş öfkelenen kontes, soğukkanlılığı elden bırakmaksızın tüm hizmetkârlarına derhal sessizce silahlanmalarını ve şatonun ana kapılarını sürgülemelerini emreder; kendisi de prenslerin hâlâ masada oturduğu salona döner. Burada en etkili ifadelerle, biraz önce aldığı haberi bildirir ve bir imparatorun verdiği sözün tutulmamış olmasından yakınır. Karşılığında gülerek kontese bunun savaş sırasında olağan olduğu, askerlerin geçişi sırasında bu türden nahoş durumların engellenemeyeceği cevabı verilir. "Bunu göreceğiz bakalım," diye karşılık verir kontes hiddetle. "Benim fakir halkımdan alınanlar geri verilmeli, yoksa Tanrı yardımcınız olsun!" diyerek sesini tehditkâr bir biçimde yükseltir "*Sığır kanına karşı hükümdar kanı!*" Bu kesin açıklamayla birlikte odayı terk eder. Az sonra silahlanmış hizmetkârlar içeriye dalar, ellerinde kılıçları, büyük bir saygıyla prenslerin sandalyelerinin arkasına dikilip kahvaltı servisi yaparlar. Dövüşmeye hevesli bu alayın içeriye girmesiyle Alba dükünün beti benzi atmıştır; prensler sesleri kesilmiş ve ne yapacaklarını bilmez bir halde birbirlerine bakarlar.

Ordusuyla irtibatı kopmuş, etrafı sayıca çok, yetenekli ve güçlü adamlarla sarılmakta olan dükün sabretmekten ve koşullar ne olursa olsun hakarete uğramış kontesle uzlaşmaktan başka çaresi var mıydı? Kendini ilk toparlayan Heinrich von Braunschweig oldu ve bir kahkaha kopardı. Bütün olan biteni neşeli bir hava içinde halletmeyi daha akıllıca bulduğundan, kontese övgüler yağdırarak onun memleketine bir anne şefkati gösterdiğini ve kararlı cesaretiyle de bunu kanıtladığını söyledi. Ondan sakin olmasını rica etti ve Alba dükünü yola getirme işini üstüne aldı. Gerçekten de Alba dükünün orduya derhal bir emir göndermesini ve gasp edilen sığırların derhal sahiplerine iade edilmesini sağladı. Kontes von Schwarzburg hayvanların iade edildiğinden emin olur olmaz, gitmek için kibarca izin isteyen konuklarına en içten teşekkürlerini ifade etti.

Hiç kuşkusuz bu olay, Kontes Catharina von Schwarzburg'a kahramanlık şöhreti kazandırmıştır. Eşi Kont XXXII. Heinrich'in manastırları kapatıp okul derslerini iyileştirerek memlekette başlattığı reform hareketlerini geliştirmek konusundaki sabırlı ve kararlı tavrı hâlâ övgüyle anılır. Din adına haklarında soruşturma açılan birçok Protestan vaizi himayesi altına alıp desteklemiştir. Bunların arasında herkesin bildiği Saalfeld rahibi Caspar Aquila adında biri de vardı. Bu adam, genç yaşında imparatorun ordusunda ordu vaizi olarak Hollanda'ya kadar gitmişti. Orada bir top mermisini kutsamayı reddettiği için, gemi azıya almış askerler tarafından bir havan topuna sokulup ateş edilecekken kaderi yüzüne gülmüş ve barut ateş almamış. Şimdi ise yaşamı ikinci kez tehlikedeydi, başına 5.000 gulden ödül konmuştu; çünkü imparator, yürürlüğe koyduğu interimi[1] kilise kürsüsünde aşağıladığı için ona çok hiddetlenmişti. Catharina, Saalfeld cemaatinin ricası üzerine onu gizlice şatosuna getirterek orada aylarca sakladı ve tehlike geçip yeniden dışarı çıkana kadar onu insan sevgisinin en soylusuyla kollayıp gözetti. Catharina herkesin saydığı ve ardından yas tuttuğu biri olarak yaşamının elli sekizinci, saltanatının da yirmi dokuzuncu yılında ölmüştür. Kemikleri Rudolstadt Kilisesi'nde muhafaza edilmektedir.

1. Augsburg İnterimi: Almanya'da Katolikler ile Protestanlar arasında 1548'de Augsburg Meclisi'nde sağlanan geçici anlaşma. V. Karl'ın yasalaştırdığı anlaşma, mezhep farklılıkları Katolik Kilisesi'nce genel bir konsilde giderilinceye değin Almanya'da geçici bir birlik sağlamayı hedefler. (Ç.N.)

KADERİN OYUNU

Yaşanmış Bir Hikâye

Aloysius von G***, *** unvanlı bir soylunun hizmetinde görevli olan seçkin bir burjuvanın oğluydu; parlak dehasının filizleri liberal bir eğitimle erkenden geliştirildi. Genç yaşına rağmen, temel bilgilerle donanımlı olarak hükümdarın hizmetinde askerlik mesleğine girdi; gösterdiği yararlıklar sayesinde ilerisi için büyük umutlar vaat eden genç bir adam olarak, hükümdarının dikkatini çekmesi uzun sürmedi. G*** gençliğin ateşiyle doluydu, prens de öyleydi; G*** atak ve girişkendi, kendisi de böyle biri olan prens, o karakterdeki kişileri severdi. G*** müthiş espri yeteneği ve geniş bilgisi sayesinde çevresiyle ilişkilerine ruh katmayı bilirdi, girdiği her topluluğu eksilmeyen neşesiyle keyiflendirir, karşılaştığı her konuya cazibe ve canlılık katardı; bizzat kendisi de yüksek erdemlere sahip olan prens, erdemin değerini bilirdi. G***'nin giriştiği her işte, eğlencelerinde bile, yüksek bir düzey fark ediliyordu: Engeller onu korkutmuyor, başarısızlık onun kararlılığını asla etkilemiyordu. Bütün bu niteliklerin değerini daha da artıran, orantılı bir vücut yapısı ve sağlık fışkıran bir görüntüsü vardı, Hercules gibi güçlü kuvvetliydi; işlek bir zekâdan kaynaklanan akıcı ve etkili konuşma tarzı da buna ruh katıyordu; bakışına, yürüyüşüne ve tavırlarına yansıyan, yaradılıştan gelen doğal bir vakar, asil bir tevazuyla yumuşatılmaktaydı. Nasıl ki genç nediminin zekâsı prensi büyülemişti, bu çekici dış görünüş de onun şehvet duygusunu karşı konulmaz bir biçimde uyarmaktaydı. Aynı yaşta olmaları, eğilim ve karakterlerinin uyumu, kısa sürede aralarında arkadaşlığın bütün gücünü, tutkulu bir aşkın tüm ateşini ve şiddetini barındıran bir ilişki başlattı. G*** hızla bir üst makama atanıyordu. Fakat bu gözle görünür işaretler, prens için gerçekten ifade ettiği anlamın çok gerisinde kalıyor gibiydi. G***'nin şaşırtıcı bir hızla bahtı açılıyordu, çünkü bu bahtı yaratan, aynı zamanda ona tapan, tutkulu arkadaşıydı. Daha yirmi iki yaşına basmadan, kendini en talihli kimselerin kariyerlerini tamamladıkları noktaya erişmiş buldu. Fakat onun eylemci ruhu uzun süre işsiz güçsüz boş gururun kucağında dinlenemezdi, üstelik yüksek bir şahsiyetin pırıltılı maiyeti olmak, içindeki cesareti ve gücü tam olarak kullandığını yeterince hissettirmediği için onu tatmin etmiyordu. Prens eğlence âlemlerinin birinden diğerine koşarken genç gözdesi dosyaların ve kitapların arasına gömüldü, kendini tüm gayretiyle yüklendiği işlere adadı, sonunda öyle yetenekli ve öyle mükemmel bir biçimde bunların üstesinden geldi ki az çok önem taşıyan her türlü mesele artık onun elinden geçiyordu. Eğlence arkadaşlığından kısa sürede başmüşavirliğe, derken bakanlığa yükseldi, sonunda hükümdarının efendisi oldu. Bir süre sonra artık prense ulaşmanın tek yolu ondan geçiyordu. Bütün atamaları o yapıyor, rütbeleri o dağıtıyor; bütün liyakat nişanları onun eliyle veriliyordu.

G*** çok genç yaşta ve çok hızlı adımlarla bu yüksek noktaya eriştiğinden, bunu ölçülü bir biçimde değerlendiremedi. Çıkmış olduğu zirve, yükselme hırsından dolayı başını döndürdü; arzuları en son hedefine ulaştığı anda, alçakgönüllülük duygusu onu terk etti.

Memleketin en önde gelenlerinin yanı sıra, soyluluk, itibar ve zenginlik bakımından kendisinden çok daha yukarıda olanların, hatta yaşlıların bile onun gibi genç birine gösterdikleri alçakgönüllü hürmetkârlık, onu kibirden sarhoş etti, elindeki sınırsız iktidar gücü kısa sürede özündeki belli bir katılığı açığa çıkardı, aslında bu evvelden beri onun tabiatında vardı, bahtının değişkenliği süresince de olduğu gibi kaldı. Dostlarının ondan bekledikleri hiçbir hizmet ona zor ve çetin gelmezdi; ama düşmanları onun karşısında titrerlerdi; çünkü iyilikte aşırılığa gittiği gibi, intikamda da ölçü tanımıyordu. Nüfuzunu kendi zenginliğini artırmaktan ziyade, birçok kişiyi bahtiyar edip karşılığında bu refahın yaratıcısı olarak kendisine biat etmeleri için kullanıyordu; ancak bu kişiler adalet duygusuyla değil keyfî seçiliyordu. Birden parlayan, efendilik taslayan tavırlarıyla kendisine en çok minnettar olanların bile kalplerini kırıyor ve kendinden uzaklaştırıyordu, tüm rakiplerini ve içten içe onu kıskananları da amansız bir düşmana dönüştürüyordu.

Attığı her adımı kıskanç ve haset dolu gözlerle takip eden ve mahvolmasına sebep olacak araçları gizlice hazırlayanlar arasında, hükümdarın maiyetinden Piemonte'li Kont Joseph Martinengo da bulunmaktaydı. Aslında onu zararsız ve kendine sadık bir kişi olarak bu konuma bizzat G*** getirmişti, çünkü amacı efendisinin yanında katıldığı ve artık bıkmaya başladığı eğlencelerde kendi yerini onun doldurmasını sağlamaktı, kendisi de bu vakti daha ciddi uğraşlara ayırmak istiyordu. Bu adamı kendi elleriyle yarattığı biri olarak gördüğü için, aklına estiği anda onu içinden çekip çıkardığı hiçe gerisin geriye fırlatıp atabileceğini düşündüğünden, onu hem korku hem de minnet duygusuyla kendisine bağlamış olmasına güveniyordu ve böylece Richelieu'nün XIII. Louis'ye genç

Le Grand'ı[1] oyuncak olarak sunmakla yaptığı hataya düştü. Fakat bu hatayı Richelieu gibi zekâsıyla düzeltemezdi, çünkü karşısındaki hasmı, Fransız bakanın mücadele ettiği kişiden çok daha kurnazdı. Martinengo, bahtının açıklığından ötürü üstünlük duygusuna kapılıp velinimetine artık ihtiyacı olmadığını hissettirmek yerine, büyük bir özenle bu bağımlılık görüntüsünü sürdürmek ve sahte bir hürmetkârlıkla refahının yaratıcısına giderek daha fazla yanaşmak için çabalıyordu. Aynı zamanda da konumu sayesinde sık sık prensin yakınında bulunma imkânını kullanarak, kendisini gittikçe daha gerekli ve vazgeçilmez kılmayı da ihmal etmedi. Kısa zamanda efendisinin tabiatını iyice öğrenmişti; onun güvenini kazanacağı bütün yolları gözlemlemiş ve fark ettirmeden gözdelerinin içine sızmayı başarmıştı. Amacına ulaşmak için en aşağılık araca bile başvurmaktan kaçınmayan bu İtalyan, asil bir gururun ve doğal bir ruh yüceliğinin bakana hor görmeyi telkin ettiği her türlü entrikayı çevirmekten sakınmadı. İnsanın en çok sefahat yolunda bir öndere ve yardımcıya ihtiyaç duyduğunu ve en sınırsız samimiyetlere en gizli tutulan zaafların sırdaşı olmakla hak kazanıldığını gayet iyi bilen İtalyan kont, prensin o zamana kadar içinde uyuyan tutkuları uyandırdı ve ısrarla onun sırdaşı ve suç ortağı olarak kendini kabul ettirdi. Prensi öyle aşırılıklara sürükledi ki buna pek az şahit ve sırdaş tahammül edebilirdi; böylece fark ettirmeden onu üçüncü bir kişiye asla açılamayacak olan sırlarını kendisiyle paylaşmaya alıştırdı. Sonunda hükümdarın ahlaken çökmesi üzerine kendi bahtını inşa etme-

1. Le Grand ya da Marki De Cinq-Mars (1620-1642): Richelieu, kendi gözdesiyken XIII. Louis'nin sarayına sunduğu genç Cinq-Mars'ı kukla gibi kullanacağını umar. Ancak onun Louis'yi kendi aleyhine döndürmeye çalıştığını ve kendisine karşı girişilen bir komploya karıştığını öğrenir ve Cinq-Mars idam edilir. (Ç.N.)

nin iğrenç planını kurdu ve burada sır tutmanın çok önemli bir rolü olduğundan G***, prensin sevgisini bir başkasıyla paylaştığını hayalinden bile geçirmezken bu İtalyan çoktan prensin kalbini kazanmıştı.

Böylesine önemli bir değişimin G***'nin dikkatinden kaçmasına şaşılabilirse de, G*** kendi değerinden o kadar emindi ki Martinengo gibi bir adamı kendine rakip olarak düşünemezdi. Martinengo'ysa o kadar kendi kendisiyle dolu, o kadar ihtiyatlıydı ki herhangi bir tedbirsizlikle hasmının bu kibirli özgüveninden sıyrılmasına fırsat vermiyordu. Kendisinden önceki binlercesinin prensin gözdesi olmaya giden kaypak yolda ayağını kaydıran şey, G***'nin de düşmesine sebep oldu – kendine aşırı güven. Martinengo ile efendisi arasındaki gizli sırdaşlığa dayanan aşırı samimiyet onu huzursuz etmiyordu. Kendisinin yürekten küçümsediği ve asla çabalarının hedefi olmayan bir bahtı, yeni yükselmekte olan birine seve seve layık görürdü. Prensin dostluğunun ona çekici gelen tek yönü, kendisini en yüksek iktidara ulaştıracak yolu açabilmesiydi ve arzuladığı yüksekliğe ulaşır ulaşmaz, bu yüksekliğe çıkmasına yardımcı olan merdiveni düşüncesizce fırlatıp atmıştı.

Martinengo böyle ikinci derecede bir rolle yetinecek biri değildi. Efendisinin lütfunu kazanmak adına ileriye doğru attığı her adımla arzuları daha da cüretkârlaşıyor, yükselme hırsı daha doyurucu tatminlerin peşinde koşuyordu. O zamana kadar velinimeti karşısında daima takındığı sahte hürmetkâr tavır, itibarı arttıkça içinde uyanan kibrin etkisiyle giderek daha katlanılmaz bir hale geliyordu. Oysa bakanın ona karşı davranışları, onun prensin gözdesi olma yolunda kaydettiği hızlı ilerlemeyle uyumlu bir incelik kazanmayıp tam tersine çoğu zaman açıkça göründüğü gibi, onun giderek artan kibrini, geçmişini ona hatırlatmanın şifalı yoluyla yıkmaya yönelikti; sonunda bu zoraki ve çelişkili ilişki Martinengo için öyle dayanılmaz bir hal aldı ki rakibini ortadan kaldırarak bu durumu birdenbire sona erdireceği ciddi bir plan tasarladı. Bu planı sahte tavırların esrar perdesi arkasında gizlice geliştirdi. Henüz rakibiyle açıkça bir mücadeleye girmeye cesaret edemezdi; çünkü gözdeliğinin altın çağı geçmiş bile olsa, G*** çok erken bir dönemde genç prensin gözdesi olmuş ve gönlünde hayli derine kök salmıştı, o yüzden de oradan çabucak sökülüp atılması zordu. En basit vesileyle tekrar eski gücüyle canlanabilirdi; o nedenle Martinengo ona vuracağı darbenin en can alıcı noktaya isabet etmesi gerektiğini çok iyi kavrıyordu. G***, prensin sevgisinden yana kaybettiklerini, onun takdirini kazanarak telafi etmişti; prens yönetim işlerinden kendini çektikçe ona daha çok ihtiyaç duyuyordu. G***, devletin menfaatine aykırı da olsa, büyük bir titizlikle, sadakat ve vefa duygusuyla prensinin çıkarlarını kolluyordu – evvelce onun gözünde arkadaş olarak ne kadar kıymetliyse, şimdi de bakan olarak o kadar önemliydi.

İtalyan'ın amacına ulaşmak için aslında ne tür araçlara başvurduğu, isabet alan ve darbeyi vuran birkaç kişi arasında bir sır olarak kaldı. Martinengo'nun prense G***'nin komşu hanedanla yürüttüğü iddia edilen gizli ve çok şüpheli bir yazışmanın asıllarını sunduğu tahmin ediliyor; ancak bunların gerçek mi, yoksa sahte mi olduğu hakkında görüşler farklıydı. Fakat her ne olursa olsun, Martinengo amacına ulaştı, hem de korkunç derecede. G***, prensin gözüne nankör ve aşağılık bir hain olarak göründü; suçu hiçbir kuşkuya yer bırakmadığından fazla araştırma yapılmasına gerek duyulmaksızın ona karşı derhal harekete geçilebileceğine karar verildi. Bütün bu olanlar, Martinengo ile efendisi arasında derin bir gizlilik içinde müzakere edildiğinden, G*** tepesinde toplanan fırtına bulutlarını uzaktan fark etmedi bile ve felaketini hazırlayan bu güven duygusunu içinde barındırdı, ta ki herkesin taptığı ve gıpta ettiği bir konumdan, en acınası duruma düşeceği o dehşetli âna kadar.

Olayın patlak verdiği gün geldiğinde, G*** âdeti olduğu üzere, resmigeçit törenine katılıyordu. Subaylığın en alt kademesinden birkaç yıl gibi kısa bir süre içinde en üst rütbe olan albaylığa kadar tırmanmıştı; elbette bu onun şu anda sahip olduğu ve memleketin en önde gelenlerinin de üstünde olan bakanlık makamının yanında mütevazı bir unvandı. Geçit töreni, gururla herkesten hürmet gördüğü, gün boyu taşıdığı ağır yüklerin karşılığında kısa bir süre azametin ve iktidarın keyfini çıkarmaya alışkın olduğu yerdi. En üst konumdakiler burada ona saygı dolu bir çekingenlikle, iltifatından emin olmayanlar ise titreyerek yaklaşırlardı. Bizzat prens bile, ara sıra bu törene katıldığı zamanlarda vezirinin yanında kendisinin ihmal edildiğini hissederdi, çünkü bakanın hoşnutsuzluğuna neden olmanın tehlikeleri, hükümdarın dostluğunu kazanmanın getireceği faydalardan çok daha ağır basıyordu. Kendisine Tanrı gibi biat edilen işte bu yer, şimdi küçük düşürülüşünün korkunç sahnesi olarak seçilmişti.

Böylece o çok iyi tanıdığı şahıslar topluluğuna tasasızca yaklaşır; onlar da az sonra olacaklardan onun kadar bihaber, o gün de her zamanki gibi saygıyla önünde durmuş, emirlerini beklemektedirler. Çok geçmeden birkaç yaveri eşliğinde Martinengo görünür; herkesin suyuna giden, önünde eğilen, gülümseyen saray adamı yerine, uşakken efendi olmuşçasına küstah ve itibar kazanmış köylü gibi kibirli, kendinden emin adımlarla ona doğru ilerler, şapkasını çıkarmaksızın önünde durur ve prens adına ondan kılıcını teslim etmesini talep eder. Sessiz ve şaşkın bir bakışla kılıç kendisine uzatılır, Martinengo çıplak kılıcı yere saplar, bir tekmeyle onu ikiye böler ve parçaları G***'nin ayaklarının dibine fırlatır. Verilen bu işaretle birlikte, yaverlerin ikisi de G***'nin üzerine atılır, biri göğsündeki haç nişanını kesmeye uğraşırken diğeri apoletleri ve üniformasının yakalarını söker, şapkasındaki kordon ve tüy demetini kopartır. İnanılmaz bir hızla gelişen bütün bu dehşet verici müdahale sırasında, etrafı saran beş yüz kişiyi aşkın bir kalabalıktan ne bir ses ne de bir nefes duyulur. Beti benzi atmış, kalpleri hızlı hızlı çarpan, ölüm sessizliği içindeki bu korkmuş kalabalık, G***'nin etrafında halka oluşturur, o ise bu olağandışı donatılmış kıyafetiyle –hem gülünç hem de dehşet verici, tuhaf bir görüntü!– insanın ancak idam sehpasında içini kaplayan bir duyguyla o ânı yaşar. Onun yerinde olabilecek binlerce başka kişi, ilk korkunun şiddetiyle kendinden geçerek yere yığılırdı; sağlam sinir yapısı ve güçlü ruhu, bu korkunç duruma metanetle dayandı ve yapılan her türlü iğrençliğe katlanmasını sağladı.

Müdahale sona erer ermez, onu sıra halinde dizilmiş sayısız izleyicinin arasından geçirerek tören alanının en uç noktasında beklemekte olan üstü kapalı bir arabaya kadar götürürler. Sessiz bir işaretle arabaya binmesi emredilir; atlı bir muhafız kıtası ona eşlik eder. Bu arada olayın haberi tüm başkente yayılmıştır; bütün pencereler açılır, bütün sokakları meraklılar doldurur, kâh aşağılayan kâh düştüğü zor durumla alay eden, hatta daha da kırıcısı ona acıdıklarını ifade eden sözlerle durmadan adını haykırarak konvoyun peşinden giderler. Sonunda G*** kendini şehrin dışında bulur ama burada da onu yeni bir dehşet beklemektedir. Araba askerî yolun yanından, çok az aracın geçtiği ıssız bir yola sapar – idam sehpasına doğru giden bu yolda, prensin kesin emriyle o yere ağır ağır yaklaşılır. Burada kendisine ölüm korkusu bütün eziyetiyle hissettirildikten sonra, insanların gelip geçtiği diğer bir sokağa sapılır. Kızgın güneş altında –ne hararetini dindirecek bir şey vardır ne de onu teselli edecek bir insan– bu arabanın içinde yedi korkunç saat geçirir, sonunda güneş batarken araba gideceği yere – kaleye varır. Kendinden geçmiş bir halde, yaşayan bir ölü gibi (on iki saatlik açlık ve dilini damağını kurutan susuzluk sonunda kuvvetli bünyesini yenmişti), onu arabadan çekip çıkarırlar – uyandığında kendini yerin dibinde iğrenç bir çukurda bulur. Kendine gelip de gözlerini açtığında ilk karşılaştığı şey, on dokuz kulaç yüksekliğinde, daracık aralıklardan içeriye sızan ay ışığıyla çok az aydınlanan, korkunç bir zindan duvarıdır. – Yanı başında bir parça kuru ekmek ve bir testi su, onun yanında da döşek niyetine bir saman yığını bulur. Ertesi gün öğlene kadar bu durumda kalır, sonunda kalenin ortasında bir kepenk açılır ve iki el görünür, bir gün önce hazır bulduğu yiyeceğin aynısı bir sepet içinde aşağıya sarkıtılır. Ancak şimdi, bahtının korkunç bir şekilde değişmesinden sonra ilk kez, acı ve hasret duygusuyla bağrından koparcasına şu soruları haykırır: Nasıl olmuştu da buraya gelmişti? Ve ne suç işlemişti? Fakat yukarıdan bir cevap gelmez; eller görünmez olur, kepenk tekrar kapanır. Tek bir insan yüzü görmeden, tek bir insan sesi bile duymadan, bu korkunç kaderi hakkında herhangi bir açıklama edinmeden, hem geleceği hem de geçmişi hakkında aynı ürkütücü kuşkuyla, sıcak gün ışığının ferahlatmadığı, sağlıklı havanın tazelemediği, hiçbir yardımın ulaşamayacağı ve herkesin merhametinden mahrum olduğu bu lanet yerde dört yüz doksan iğrenç gün geçtiğini, öğleden öğleye kendisine acıklı bir yeknesaklıkla uzatılan kuru ekmekleri sayarak hesaplar. Fakat burada bulunduğu ilk günlerde yaptığı bir keşif, perişanlığını doruk noktasına ulaştırmıştı. O, bu yeri gayet iyi bilmektedir – aşağılık bir intikam hırsının dürtüsüyle, birkaç ay önce, öfkesini üzerine çekme talihsizliğinde bulunan liyakatli bir subayın, aç susuz içine kapatılması için burayı bizzat inşa ettirmişti. Yaratıcı bir gaddarlıkla bu zindanda kalmayı korkunçlaştıracak ayrıntıları bizzat bildirmişti. Hatta kısa süre önce, inşaatı yakından incelemek ve hızla tamamlanmasını sağlamak üzere burayı şahsen ziyaret etmişti. G***'nin çektiği işkenceyi doruk noktasına çıkaran bir durum daha vardı: Cezalandırılması için bu zindanı inşa ettirdiği, eski ve saygıdeğer bir albay olan subay, kısa süre önce ölen kumandanın yerine kaleye görevli olarak atanmış, intikamının kurbanı olmak yerine kendi kaderinin efendisi olmuştu. Böylece kendine acıma ve ona kötü muamele eden kaderini adaletsizlikle suçlama tesellisinden – elinde kalan en son acı teselliden de olmuştu. Duyularıyla algıladığı perişanlığa, şiddetli bir kendini aşağılama ve bir zamanlar kendisinin hoşgörü göstermediği bir düşmanın hoşgörüsüne bağımlı olmanın acısı da eklenir ki bu gururlu bir yürek için en büyük acıdır.

Fakat bahsi geçen bu dürüst adam, aşağılık bir intikama tenezzül etmeyecek kadar asildi. Tutuklulara karşı elindeki talimatnamenin katı kurallarını uygulamak, insan sevgisiyle dolu yüreğine son derece zor geliyordu. Fakat eski bir asker olarak talimatlara körü körüne bağlı kalıp harfiyen uyma alışkanlığında olduğu için elinden ona acımaktan başka bir şey gelmiyordu. Buna karşılık talihsiz adama daha etkin yardımda bulunacak kişi kalenin garnizon vaizi oldu. Kulağına gelen söylentiler ve daha sonra edindiği birtakım belirsiz ve tutarsız bilgiler yoluyla, tutuklunun perişanlığından etkilenen vaiz, onu rahatlatmak için derhal kesinlikle bir şeyler yapmaya karar verdi. Adını istemeyerek gizlediğim bu saygıdeğer din adamı, kendisine başka hiçbir yolla yardım edilemeyecek talihsiz bir adamın yararına nüfuzunu kullanmakla kutsal mesleğini en iyi şekilde yerine getireceğine inanıyordu.

Kalenin komutanından tutukluyu ziyaret etme izni alamayınca, talebini doğrudan doğruya prense bizzat sunmak üzere başkente doğru yola çıktı. Prensin önünde yere kapandı ve en korkunç suçun bile mahrum bırakılmadığı, Hıristiyanlığın iyilik yapma ilkesi uygulanmaksızın çaresizlik içinde mahvolacak ve belki de tamamen ümitsizliğe düşecek olan bu talihsiz insana merhamet göstermesi için yalvardı. Görevini yerine getirmenin bilinci içinde vakarla ve korkusuzca tutuklunun yanına serbest giriş izni talep etti; bu adamın günah çıkarması için kendisine emanet edildiğini, kendisinin de onun ruhunu arındırmakla Tanrı'ya karşı sorumlu olduğunu söyledi. İyi bir iş yapmak adına konuşması, sözlerine belagat kattı; prensin ilk baştaki öfkesi de aradan geçen zamanla dindi. Prens, rahibin ricasını kabul etti ve tutukluyu bir din adamı olarak ziyaretiyle memnun etmesine izin verdi.

Bahtsız G***'nin on altı aylık bir zamandan sonra gördüğü ilk insan çehresi, ona yardım elini uzatan kişinin yüzüydü. Dünyadaki tek dostunu, sefaletine borçluydu; oysa refah içindeyken hiçbir dost edinememişti. Vaizin ziyareti bir meleğin ona görünmesi gibi geldi. Hissiyatını ifade edemesem de, o günden sonra daha az gözyaşı döktü, çünkü bir insanın kendisine acıdığını görmüştü.

Zindana girdiğinde din adamı dehşete kapılmıştı. Gözleri bir insan aradı – oysa dehşet uyandıran bir yaratık bir köşeden çıkıp kendisine doğru sürünerek yaklaştı, burası bir insanın yaşayacağı bir yerden çok vahşi bir hayvan barınağını andırıyordu. Ölü gibi rengi uçmuş bir iskelet, yaşamın tüm renklerinin silinmiş, elem ve ümitsizliğin derin izlerinin kazınmış olduğu bir yüz, uzun süredir bakımsızlıktan iğrenç bir biçimde uzamış sakal ve tırnaklar, uzun süre kullanılmaktan çürümüş giysiler, hiç temizlik yapılmadığından etrafını saran kirli bir hava – işte bahtın sevgilisi bu haldeydi, demir gibi sağlam bünyesi bütün bunlara dayanmıştı! Bu görüntü karşısında kendinden geçen vaiz, derhal valinin yanına gitti ve zavallı talihsiz adama ikinci bir iyilik yapılması talebinde bulundu, çünkü bu olmaksızın ilki de bir işe yaramayacaktı.

Vali kendisine verilen talimatın çok kesin olduğunu belirterek bir şey yapamayacağını söyleyip özür dileyince, din adamı bir kez daha prensin lütfunu talep etmek üzere iyi niyetle başkente ikinci bir ziyarette bulunmaya karar verdi. Açıklamasında, kutsamanın yüceliğine halel getirmeksizin tutukluya karşı herhangi bir kutsal işlemde bulunmaya kalkışabilmek için, her şeyden evvel söz konusu kişinin bir insana benzemesi gerektiğini belirtti. Din adamının bu ricası da kabul edildi ve o günden sonra tutuklu yaşama döndü.

G*** bu kalede daha birçok yıl geçirdi, ama artık çok daha iyi bir durumdaydı, çünkü yeni gözdenin kısa süren yaz mevsimi vaktini doldurmuş, bulunduğu konuma daha insanca düşünen ya da daha doğrusu G***'ye karşı intikam duyguları beslemeyen başkaları getirilmişti. Nihayet on yıllık esaretten sonra kurtuluş günü geldi – ama ortada ne bir hukuki soruşturma ne de bir resmî beraat kararı vardı. Özgürlüğü kendisine bahşedilmiş bir lütuf gibiydi; aynı zamanda da kendisine memleketi ebediyen terk etmesi bildirildi.

G***'nin öyküsüyle ilgili olarak sözlü gelenekten toplayabildiğim bilgiler burada sona eriyor ve bu yüzden maalesef yirmi yıllık bir zaman dilimini atlamak zorundayım. Bu zaman aralığında G*** yabancı memleketlerin askerlik hizmetine girerek kariyerine sıfırdan başladı, sonunda anayurdunda korkunç bir biçimde alaşağı edildiği parlak zirveye orada tekrar erişti. Bahtsızların dostu, yavaş ama önüne geçilemez bir şekilde adaleti yerine getiren zaman, sonunda bu hak davasını da üstlendi.

Prens coşku dolu yıllarını geride bırakmıştı; saçları ağardıkça insanlık da gözünde yavaş yavaş değer kazanmaya başladı. Mezara yaklaştıkça gençlik yıllarının sevgilisine karşı içinde bir özlem uyandı. Gençlik yıllarında üzerine yığdığı acıları, ihtiyarlığında mümkün olduğunca gidermek için, sürgündeki adama yurduna geri dönmesi için dostça davette bulundu, nitekim G***'nin de yüreğinde çoktandır yurduna duyduğu sessiz özlem yeniden canlanmıştı. Tekrar görüşmeleri dokunaklı oldu, karşılaşmaları sanki dün birbirlerinden ayrılmışçasına sıcak ama aldatıcıydı. Prensin düşünceli bakışları, o çok iyi tanıdığı ama bir o kadar da kendisine yabancı gelen yüze takıldı kaldı; sanki bizzat kendisinin neden olduğu derin çizgileri sayıyor gibiydi. Yaşlı adamın yüzünde, o genç adamın sevdiği yüz hatlarını keşfetmeye çalıştı ama aradığını bulamadı. Kendilerini sahte bir samimiyet havasına zorladılar. – Utanç ve korku, iki kalbi sonsuza dek ayırmıştı. Aceleciliğinin ağır bedelini ona yeniden hatırlatan bir çehre, prense kendini iyi hissettiremezdi; G*** de bahtsızlığının yaratıcısını artık sevemezdi. Gene de geçmişe baktığında, bir kâbustan uyandığına sevinircesine içinde rahatlık ve huzur duydu.

Çok geçmeden, G*** eski unvanlarının tümüne yeniden kavuştu. Prens içindeki direnci yenerek geçmişte olanları parlak bir şekilde telafi etti. Fakat yaşama zevkini sonsuza dek tadamayacak kadar sakatladığı kalbini tekrar eski haline getirebilir miydi? Umut dolu yıllarını ona geri verebilir miydi ya da hayatının sonuna gelmiş olan yaşlı adam için, zorla elinden alınanı az da olsa telafi edecek bir baht tasarlayabilir miydi?

G*** on dokuz yıl daha hayatının son demlerinin keyfini sürdü. Ne kader ne de geçen yıllar, ondaki tutku ateşini dindirebilmiş, ruhunun neşesini tamamen söndürebilmişti. Yetmiş yaşına geldiğinde, yirmisindeyken gerçekten sahip olduklarının gölgesini yakalamaya çabalıyordu. Sonunda öldüğünde – siyasi tutukluların kapatıldığı *** Kalesi'nin komutanıydı. İnsan sanır ki mahkûmlara insanca davranmıştır, ne de olsa bunun değerini kendisi bizzat yaşayarak öğrenmişti. Fakat o onlara hem sert hem de keyfî davrandı ve içlerinden birisine karşı duyduğu ani öfke, onu seksen yaşında mezara götürdü.

IHLAMURLAR ALTINDA GEZİNTİ

Württemberg Repertuarından, 1782

Wollmar ve Edwin iki arkadaştılar; dünyanın telaşlı ve gürültülü koşuşturmasından uzak, sessiz sakin bir yerde birlikte inzivaya çekilmiş, yaşıyorlar ve burada felsefi düşüncelere ayırabildikleri geniş zamanlarını, kaderleri dahilinde hayatta karşılaştıkları ilginç olayları tahlil etmekle geçiriyorlardı. Mutlu biri olan Edwin, dünyayı neşeli bir yüreğin sıcaklığıyla kucaklarken hüzünlü bir tabiata sahip olan Wollmar, her şeyi bahtsızlığının yas rengine büründürüyordu. İki arkadaşın, düşüncelerini paylaşmak için seçtikleri ve en çok sevdikleri yer, ıhlamur ağaçları arasında uzanan bir yoldu. Güzel bir mayıs günü gene burada gezintiye çıkmışlardı; aralarında geçen şu konuşmayı hatırlıyorum:

Edwin:

Ne kadar güzel bir gün! Tüm doğa neşeyle gülümserken siz neden böyle düşüncelisiniz Wollmar?

Wollmar:

Siz bana bakmayınız! Biliyorsunuz ki ben her zaman doğanın bile keyfini kaçırırım!

Edwin:

Ama şu sevinç kadehinden böylesine tiksinmek mümkün mü?

Wollmar:

İçinde bir örümcek görürseniz nasıl tiksinmezsiniz! Bakınız, şu anda size doğa, nişan gününde heyecandan yanakları kızarmış bir genç kız gibi görünüyor. Oysa ben onu, solgun yanaklarına allık sürmüş, saçlarında atalarından miras kalan elmaslar, kocamış bir kadın gibi görüyorum. Şu bayramlık kıyafeti içinde kendini nasıl da beğenip gülümsüyor! Halbuki üzerindekiler giyilmekten eskimiş, yüz binlerce kez tersyüz edilmiş giysiler. O, bu yeşil renkli, kuyruklu elbiseyi Deukalion[1] devrinden önce de giyiyordu ve hâlâ o zamanki parfümünü kullanıyor, aynı rengârenk takılarla süsleniyor. Zaten o, yüzyıllardır ölümün sofrasının artıklarıyla beslenir, kendi çocuklarının kemiklerini kaynatıp kendine makyaj malzemesi yapar, çürümekte olan şeylerden göz kamaştırıcı süsler üretir. O, iğrenç bir canavardır, kendi pisliğini tekrar tekrar ısıtıp sofrasına koyar ve tıka basa karnını doldurur, paçavraları birbirine ekleyip yeni kumaşlar yapar ve bunları övünerek pazara çıkarır, sonra gene paralayarak iğrenç paçavralara dönüştürür. Genç dostum, sen şu anda hangi ortamda gezindiğini biliyor musun? Bu uçsuz bucaksız yuvarlağın, aslında senin atalarının mezarı olduğu hiç aklına geldi mi? Sana ıhlamurların hoş kokusunu getiren rüzgâr, belki de Arminius'un[2] dağılıp toz haline gelmiş olan gücünü burnuna üflüyordur! Susuzluğunu giderdiğin pınardan, belki de bizim Büyük Heinrich'in soyundan gelen krallarımızın un ufak olmuş kemiklerini yudumluyorsundur! İğrenç! Bir demet çiçeği aralarında paylaşıp şapkalarına takan çocuklar gibi, koskoca dünyayı üçe bölerek yeryüzünü yerinden oynatan Romalılar,

1. Yunan mitolojisinde Prometheus'un oğlu. (Ç.N.)

2. Arminius (MÖ 17/18-MS 21): Varus Savaşı'nda Roma ordusunu yenilgiye uğratmış bir Çerusker şefi. (Ç.N.)

belki de hadım edilmiş torunlarının hançerelerinde inleyen bir opera aryasına hizmet ediyorlardır. – Platon'un beyninde Tanrı düşüncesiyle sarsılan, Titus'un[1] kalbinde merhamet duygusuyla titreşen atomlar, belki de şimdi Sardanapalus'un[2] damarlarında hayvani bir cinsel istekle seğiriyor ya da ipe çekilmiş bir hırsızın leşini parçalayan kargalar tarafından etrafa saçılıyor. İğrenç! İğrenç! Atalarımızın kutsal küllerini hamur gibi yoğurup kendimize uyduruk soytarı maskeleri yaptık; çıngıraklı külahlarımızı geçmiş çağların bilgeliğiyle astarladık. Sizce bu eğlenceli bir şey mi Edwin?

Edwin:

Kusura bakmayınız ama bu düşünceleriniz gözümün önüne tuhaf sahneler getiriyor. Ya bizim bedenlerimiz de, ruhumuza egemen olduğu iddia edilen yasalara tabiyse? Ya bedenimiz, makinenin ölümünden sonra da ruhun emriyle yerine getirdiği görevi sürdürmek zorunda ise; derler ya, ölenin ruhu, yaşamı sırasındaki işine devam edermiş! *Quae cura fuit vivis, eadem sequitur tellure repostos.*[3]

Wollmar:

O halde Lykurgos'un[4] külleri şimdiye dek ve ebediyen okyanusun dibinde duruyor olmalı!

Edwin:

Şurada dokunaklı sesiyle şakıyan bülbülü duyuyor musunuz? Belki o kuş, dokunaklı şarkılar söyleyen

1. Shakespeare'in ilk trajedisi *Titus Andronicus*'un başkahramanı Romalı general. (Ç.N.)

2. Bazı kaynaklar Asur İmparatorluğu'nun son kralı olduğunu belirtse de Asurbanipal'le de özdeşleştirildiği görülür. Kaynaklar Sardanapalus'u zevk ve sefa düşkünü yaşam tarzıyla öne çıkarır. (Ç.N.)

3. (Lat.) "Yaşayanların kaygıları, onlar toprağın altına girdikten sonra da peşlerini bırakmaz." P. Vergilius Maro. Aen. VI, 653-655. (Ç.N.)

4. Lykurgos (MÖ 700-630): Sparta'nın efsanevi kanun koyucusu. (Ç.N.)

Tibullus'un[1] küllerini bağrında saklıyordur! Şu mavi semaya doğru ufuktan yükselen kartalın içindeki de yüce Pindar olabilir. Belki de şu çapkın poyraz esintilerinin arasında Anakreon'un bir atomu uçuşmaktadır![2] İltifatkâr beylerin toza dönüşmüş bedenleri, incecik pudra zerrecikleri halinde hanımefendilerinin bukleleri üzerine dağılmış olamaz mı? Belki de tefecilerin bedenlerinin çürümüş artıkları, yere gömülü madeni paraların üzerindeki yüzlerce yıllık pasa yapışmıştır! Kim bilir belki de çok üreten yazarların ölü bedenleri eritilip harf haline getirilerek ya da merdaneden geçirilip kağıda dönüştürülerek sonsuza dek baskı makinesi altında inleye inleye meslektaşlarının saçmalıklarını ebedileştirmeye mahkûm edilmiştir! Komşumuzun mesanesindeki sancı veren taş, belki de beceriksiz bir hekimin kalıntısıdır ve cezasını çekmek üzere atılmış olduğu bu berbat zindanın davetsiz nöbetçisi olarak, bir zamanlar bozduğu idrar yollarının çıkışında beklemektedir, ta ki yetenekli bir cerrahın kutsal eli, büyü kurbanı olan prensi kurtarıncaya kadar! Görüyorsunuz işte Wollmar! Sizin acı safra yudumladığınız kadeh, benim keyifli ruh halime neşeli şakalar ilham ediyor.

Wollmar:

Ah Edwin! Edwin! Siz ciddi konuların üstünü gülümseten esprilerle örtmekte ustasınız! Keşke bir göz kırpışı ile ortalığı yıkacağını sanan hükümdarlarımıza bunu söyleseler! Yüzlerini renk renk boyayarak bizim bilgeliğimizle alay etmeye kalkışan yosmalarımıza bunu

1. Tibullus (MÖ 55-MÖ 19/18): İlk Roma İmparatoru Augustus döneminde yaşayan ağıtçı. (Ç.N.)

2. Pindar (MÖ 518-446) ve Anakreon (MÖ 570-485) Antik Yunan'da yaşamış lirik şairlerdir. Kanonik dokuz lirik şairin arasında sayılırlar. (Ç.N.)

söyleseler! Bir tutam sarı saçı ilahlaştıran o züppe genç beylerimize bunu söyleseler!

Onlar mezarcının, küreği ile Yorick'in[1] kafatasını nasıl haşin bir hareketle okşadığını seyretmeliler! Yüce Caesar, yıkılmak üzere olan bir duvarı, rüzgârı tutması için onarmaya kalkarsa, bir kadının güzelliği ile övünmesi bir anlam taşır mı?

Edwin:

İyi ama sizce bütün bunlar bizi nasıl bir sonuca götürüyor?

Wollmar:

Sefil bir maskaralık üzerinden sefil bir felakete! – Görüyorsunuz değil mi Edwin? Ruhun kaderi, maddenin içinde yazılıdır. Haydi bakalım bundan da mutlu bir sonuç çıkarınız!

Edwin:

Biraz yavaş olunuz Wollmar! Galeyana gelip abartmaya başlıyorsunuz. Biliyorsunuz ki böyle durumlarda daima basiretinizi bir kenara atarsınız!

Wollmar:

Biraz daha devam edeyim izninizle . İyi konu, gözden geçirilmeye değer.

Edwin:

Öyleyse Wollmar, kendinizi daha mutlu hissettiğiniz zaman bu konuyu gözden geçirmelisiniz.

Wollmar:

Tüh! Şimdi tam da en tehlikeli yarayı deştiniz! Bilgelik, evden eve dolaşan yalakacı bir bohçacı kadın gibi, nabza göre şerbet vermek, bahtsızın yanında Tanrı'nın inayetine bile kara çalıp mutlunun yanında kötülüğü ballandırmak mı olmalı? Oysa midesi bozulan için, bu

1. Shakespeare'in *Hamlet*'indeki kral soytarısı. (Ç.N.)

gezegen cehenneme dönüşür, bir bardak şarap ise şeytanı ilah gibi gösterir. Eğer felsefemiz, ruh hallerimizin kalıbına göre biçim değiştirirse – lütfen söyler misiniz bana Edwin, hakikat hangi kalıba dökülerek biçimlendirilir? Korkarım ki Edwin, siz ancak olaylara daha karamsar baktığınızda bilgeliğe ulaşacaksınız.

Edwin:

Ama ben bilgelik uğruna böyle olmak istemem!

Wollmar:

Siz az önce "mutlu" sözcüğünü kullandınız. Nasıl mutlu olunabilir Edwin? Diyorsunuz ki yaşamanın koşulu çalışmak, amacı bilgelik ve ödülü mutluluktur. Bu uçsuz bucaksız denizde mutluluk adasına ulaşmak ve Altın Post'u ele geçirebilmek için binlerce, yüz binlerce gemi yelken açıp enginlere doğru uçup gidiyor. Söyle bana bilge adam, acaba kaç kişi aradığını bulmuştur? Ben karşımda ihtiyacın sonsuz çemberinde dönüp dolaşan bir yelkenli filosu görüyorum, sürekli bu kıyıdan ayrılıp sürekli buraya geri dönüyor ve kıyıya yanaştıktan sonra da sürekli gene denize açılıyor. Bazısı, kendi kaderinin önündeki alanlarda dolanıp duruyor, erzak temin etmek ve yelkenlerini onartmak için kıyı boyunca ürkerek ilerliyor ve hiçbir zaman açık denize doğru dümen kırmıyor. Bunlar yarın güçleri tükeninceye kadar didinebilmek için, bu günden güçleri tükeninceye kadar didinenlerdir. Ben bunları bir yana ayırırsam, toplam sayı yarıya inecektir. Bazıları da şehvetin girdabına kapılarak şerefsizliğin mezarına gömülürler. – Bunlar kendilerinden öncekilerin akıttığı terin keyfini sürebilmek için, varoluşlarının tüm gücünü savurganca harcayanlardır. Onları da hesaptan çıkarırsak geriye sadece toplamın dörtte biri kalır. Bunlar, ürkek ve çekingen bir ruh hali içinde, pusulasız ve sadece rotalarıyla ilgili yıldızların eşliğinde korkunç okyanusun üzerinde yol alırlar. Mutluluk vaat eden kara, ufkun kenarında beyaz bulutlar gibi göründüğünde dümenci, "Kara göründü!" diye bağırır. Ama birden geminin ufacık bir tahtası kırılıverir ve yara alan gemi karanın dibine kadar gelmişken derinliklere gömülür. *Apparent rari nantes in gurgite vasto.*[1] Yüzücülerin en becériklisi baygın bir halde kıyıya ulaşmayı başarır, ancak bu göksel bölgede tek başına yolunu bulmak için sağa sola bakınıp aranırken gözlerinden yaşlar boşanarak kuzeydeki vatanını özler. Böylece sizin cömertçe ortaya attığınız sistemdeki büyük toplamdan birbiri ardına milyonları indirmek gerekir. – Çocuklar, ileride yetişkin erkek olunca üzerlerine demir zırh giyeceklerini düşünerek sevinirler; ama yetişkinler, artık çocuk olmadıkları için gözyaşı dökerler. Bilgimizin ırmağı, akarsu ağzına doğru menderesler çizerek geri geri akmaktadır , akşamlar da sabahlar gibi alacakaranlıktır, Aurora ile Hesperos[2] aynı gece birbirlerine sarılırlar ve ölümlülüğün duvarlarını delip geçmek isteyen bilge adam, aşağılara kayarak tekrar oyunbaz bir çocuk haline gelir. Haydi bakalım Edwin, şimdi siz çömlekçiyi çömleğe karşı savununuz ve haklı çıkarınız!

Edwin:

Çömlekçiyle birlikte çömlek de hakkını savunabilirse, çömlekçi zaten haklı sayılır.

Wollmar:

Cevap veriniz.

Edwin:

Ben derim ki: O gemiciler, adayı bulmamış da olsalar, yolculuk boşa gitmiş sayılmaz.

1. (Lat.) "Sadece çok az yüzücü, girdabın üstünde görülür." P. Vergilius Maro. Aen. I, 118. (Ç.N.)

2. Aurora Roma mitolojisinde şafak tanrıçası, yani seher yıldızı, Hesperos ise Yunan mitolojisinde akşam yıldızıdır. (Ç.N.)

Wollmar:

Yani gözlerinin önünden uçup giden sağdaki ve soldaki pitoresk manzara onları şenlendirdi diye mi Edwin? Bunun için fırtınalarda oraya buraya savrulmalı, sivri kayalıkların yakınından geçerken korkudan titremeli, dağ gibi yükselen dalgaların arasında ölümün ağzına yuvarlanmak korkusuyla katmerli bir dehşeti mi yaşamalı! Artık bir şey söylemeyiniz, sizin her şeyden bir memnuniyet payı çıkarmanız karşısında benim kederimden kaynaklanan sözlerim çok daha inandırıcıdır.

Edwin:

O halde ben güle erişemediğim için menekşeyi ayağımla ezmeli miyim? Ya da havanın bulutlanıp kararabileceğini düşünerek bu güzel mayıs gününde keyfimi bozmalı mıyım? Ben bulutsuz gökyüzünün maviliğinden içime neşe dolduruyorum ve daha sonra fırtına koptuğunda canımın sıkıntısını bu neşeyle geçiştiriyorum. Mis kokan bir çiçeği, yarın kokusu kalmayacak diye koparmaktan vazgeçmem mi gerekir? Oysa ben, yarın o çiçek solunca onu atarım ve tomurcuğundan yeni sıyrılıp açmak üzere olan genç ve çekici kardeşini koparırım. –

Wollmar:

Faydasız! Hepsi boşuna! Bir tek keyif ve eğlence tohumunun düştüğü yerde, binlerce acı da filizlenir. Bir tek sevinç gözyaşının damladığı noktada, binlerce umutsuzluk gözyaşı gömülüdür. Şurada, insanın sevinç çığlığı attığı yerde, binlerce böcek can çekişerek kıvranmaktaydı. Bizim sevinç ve mutluluk çığlıklarımızın göklere yükseldiği bir anda, binlerce küfür ve lanetleme de etrafa saçılıyor. Bu aldatıcı bir piyango! Kazananlar o kadar az ki zavallılar biletine ikramiye isabet etmeyen kalabalığın arasında kayboluyorlar. Zamanın her damlası, sevincin bir ölüm ânıdır, uçuşan her toz zerresi, gömülmüş bir hazzın mezar taşıdır. Şu sonsuz evrenin her noktasına ölüm kendi hükümranlık mührünü basmıştır. Atomların her birinde umutları yıkan şu yazıyı okuyorum: Geçti!

Edwin:

Ama bu "Vardı" da olamaz mı? Her ses bir saadetin ölüm şarkısı olsa bile – aynı zamanda da, her zaman her yerde var olan sevginin övgü şarkısıdır – Wollmar! İşte bu ıhlamur ağacının altında ilk kez sevgilim Juliette beni öptü.

Wollmar (hışımla oradan uzaklaşırken):

Genç adam! Ben de bu ıhlamur ağacının altında sevgili Laura'mı kaybettim.